六畳間の侵略者!?
36
「真希さん！　採用よ採用っ！　レインボゥハートに採用されたのっ！」
「採用……レインボゥハートに……？　この、私が……？」

「わ、わたしぃ……
魔法少女として負けていますぅ……」

正義の
魔法少女、新生！

「何故そんなところに隠れておるのじゃ！見せる為に買ったのじゃろう！」
「しっ、しかしっ、何も今日見せる必要はないではありませんか！」
「だったら何故着替えておるのじゃ！諦めて出て参れ！」
「う、うううううっ」

六畳間の侵略者!?36

健速

HJ文庫
903

口絵・本文イラスト　ポコ

もくじ

六月十九日（日）
近況……007

七月九日（土）
真希の再就職……053

七月十日（日）
そこで眠る者……119

七月十日（日）
不死者……169

七月十日（日）
帝王対王者……227

七月十一日（月）
たかいたかい……267

あとがき……288

キャラクター勢力図

笠《かさ》置《ぎ》静《しず》香《か》

孝太郎の同級生で
ころな荘の大家さん。
その身に
火竜帝アルゥナイアを宿す。

クラノ=キリハ

想い人をついに探し当てた地底のお姫様。
明晰な頭脳によって
恋の駆け引きでも最強クラス。

地底人（大地の民）

里《さと》見《み》孝《こう》太《た》郎《ろう》

ころな荘一〇六号室の、
いちおうの借主で
主人公で青騎士。

松《まつ》平《だいら》賢《けん》治《じ》

孝太郎の親友兼悪友。
ちょっとチャラいが、
良き理解者でもある。

松《まつ》平《だいら》琴《こと》理《り》

賢治の妹だが、
兄と違い引っ込み思案な女の子。
新一年生として
吉祥春風高校にやってくる。

孝太郎の幼なじみ

ころな荘の住人
藍《あい》華《か》真《ま》希《き》
元・ダークネスレインボゥの
悪の魔法少女。
今では孝太郎と心を通わせた
サトミ騎士団の忠臣。
幽霊状態
魔法少女
（フォルサリア魔法王国）
虹《にじ》野《の》ゆりか
愛と勇気の
魔法少女レインボーゆりか。
ぽんこつだが、決めるときは決める
魔法少女に成長。
東《ひがし》本《ほん》願《がん》早《さ》苗《なえ》
孝太郎に憑りついていた幽霊の女の子。
今は本体に戻って元気いっぱい。
幽霊少女
ティアミリス・
グレ・
フォルトーゼ
青騎士の主人にして、
銀河皇国のお姫様。
皇女の風格が漂ってきたが、
喧嘩っ早いのは相変わらず。
ルースカニア・ナイ・
パルドムシーハ
ティアの付き人で世話係。
憧れのおやかたさまに
仕えられて大満足。
クラリオーサ・
ダオラ・
フォルトーゼ
二千年前のフォルトーゼを
孝太郎と生き抜いた相棒。
皇女としても技術者としても
成長中。
アライア姫
ナルファ・
ラウレーン
正式にフォルトーゼからやってきた留学生。
孝太郎達とは不思議な縁があるようで……？
桜《さくら》庭《ば》晴《はる》海《み》
二千年の刻を超えた
アライア姫の生まれ変わり。
大好きな人と普通に暮らせる今が
とても大事。
宇宙人（神聖フォルトーゼ銀河皇国）

押入れ部屋も健在!?

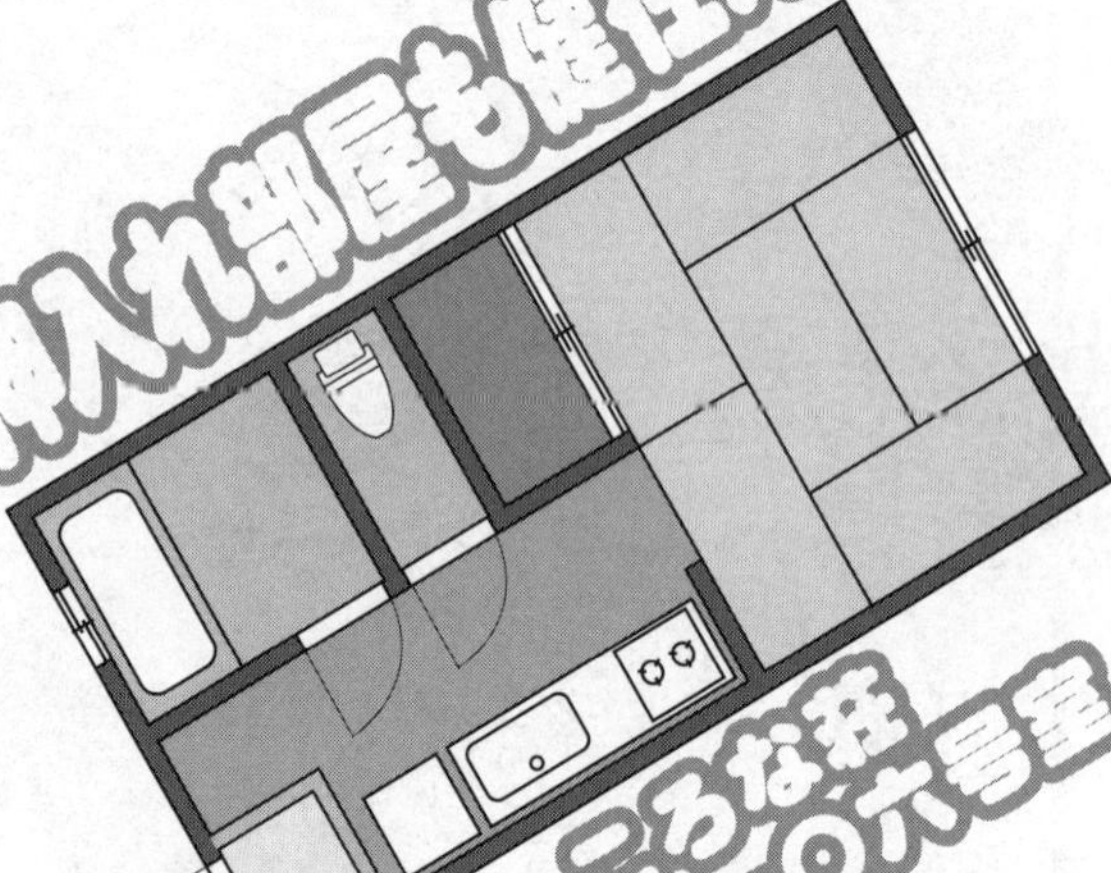

ころな荘
一〇六号室

ROOM No.106
CORONA-SOU

近況　六月十九日(日)

　ラルグウィンは常に戦場に身を置く指揮官であるから、予想外の出来事にもあまり動じない。戦場においては予想外の出来事は日常茶飯事《にちじょうさはんじ》。それらにいちいち動じていては指揮官は務まらない、というより生き残れないのだ。物事に動じず、冷静な判断を続けた指揮官が生き残る。そしてラルグウィンはそうやって生き残ってきた男だった。

「馬鹿《ばか》なっ!!　そんな事が有り得るのかっ!?」

　にもかかわらず、灰色の騎士《きし》――――拠点《きょてん》での決戦でラルグウィン達《たち》を救った灰色の鎧《よろい》を着た男――――の正体を知った時、ラルグウィンは大きく動揺《どうよう》した。

「お前達の技術力なら、可能性には辿《たど》り着《つ》いている筈《はず》だが」

　灰色の騎士はそう言いながらマントのフードを被《かぶ》り直した。彼《かれ》が顔を見せ正体を明かした相手はラルグウィンのみ。このラルグウィンの私室にはファスタの姿さえない。部屋には彼ら二人だけだった。

「可能性と事実には大きな開きがある！　簡単に納得《なっとく》出来るものか！」

「……道理だな」

「言い方を変える。俺《おれ》は正気なのか⁉」

「保証しよう、お前は正気だ。この状況《じょうきょう》でその反応を示している事が証《あかし》だ。むしろすぐに納得できる方がおかしいだろう」

「……俺も貴様のその反応が証だと考えるべきなんだろうな……」

大きく動揺したラルグウィンが落ち着きを取《と》り戻《もど》したのは、それからたっぷり十分は経過し、部屋に置いてあった蒸留酒を一杯《いっぱい》飲んだ後の事だった。それでもまだラルグウィンは納得していなかったが、冷静に話をするだけの余裕《よゆう》は取り戻していた。

「……取り乱して悪かった」

「いや、構わない。正直に言えば、この部分を理解して貰《もら》えるかどうかが問題だった」

結果的にかなりの時間を待たされた格好だが、灰色の騎士は自分の言い分がどれだけ奇《き》妙《みょう》であるのかを理解していたので、気分を害するような事はなかった。

「貴様の言い分は理解した。納得はしていないがな」

「だが取り引きをするメリットはあるから話は続けよう、といったところか」

「そういう事だ。俺達を救い出した手段が何であろうと、手に入れたい力だ」

「それでいい。納得までは求めていない。友達になろうという話ではないからな」

必要なのは友達ではなくビジネスパートナー。その商品が本物だろうと偽物《にせもの》だろうと詐《さ》欺《ぎ》だろうと、利益を生むなら取り引きをしたい。これはラルグウィンと灰色の騎士、双方《そうほう》に共通する認識《にんしき》だった。

「それに、もうすぐそれどころではなくなるだろう」

「魔法《まほう》が実在するなら、な」

先日拠点から救い出された時、灰色の騎士はラルグウィンに魔法を提供すると言った。もしそれが本当になれば、ラルグウィンは真の目的に向かって動き出す事が出来るようになるだろう。

「案ずるな、魔法は実在する。そして……お前と青騎士《あおきし》の死闘《しとう》が始まるだろう」

ヴァンダリオンが青騎士――孝太郎《こうたろう》に敵《かな》わなかったのは本当の意味では魔法を持っていなかったからだ。ラルグウィンが魔法を手に入れれば、ヴァンダリオンが成《な》しえなかった事を成せる。それは孝太郎を倒《たお》し、フォルトーゼを乗っ取る事。つまり孝太郎との死闘の始まりを意味するのだった。

「他人事《ひとごと》のように言う」

「しばらくはお前に頼《たよ》らざるを得ない状況だ。今の状況で、俺の存在を向こうに悟《さと》られる訳にはいかないからな」

「俺達を救い出したアレが魔法であれ、何であれ……大分無茶《むちゃ》をしたのだろう？　その借りは返そう。しばらく楽にしているといい」

「……そうさせて貰う」

灰色の騎士は内心で舌を巻いた。驚《おどろ》いた事にラルグウィンは、灰色の騎士が彼らを救出した時に、実は多くの代償《だいしょう》を支払《しはら》っていたという事に気付いていた。

――やはり、ラルグウィンの頭のキレは相当なものだな……。

ラルグウィンがその事に気付いたのは、もしあれが簡単に出来る事であったなら、灰色の騎士にはラルグウィンと手を組む理由がないだろうと思われるからだ。もし簡単に出来る事であるというのなら、何度でもあれを繰《く》り返《かえ》して、孝太郎達を排除《はいじょ》すればいい。それが出来ない時点で、あれを行う代償は大きい、という結論になるのだった。

「それで、これからどうする？」

「魔法を代々継承《けいしょう》している者達が住んでいる場所へ向かう」

「回りくどい言い方だな」

「単純な言い回しをすると、途端《とたん》に真実味が薄《うす》れる場所でな。あえて知りたいか？」

「………いや、いい。早速《さっそく》向かおう」

こうして一定の合意を見たラルグウィンと灰色の騎士は、ラルグウィンの私室を出て新たな目的地へと向かった。その目的地はやはりフォルサリア。魔法という独自の技術体系を発展させる事で、過酷《かこく》な地で数百年を生き延びた人々が住む、魔法の王国だった。


七月になると、気温も湿度《しつど》も急上昇《きゅうじょうしょう》。季節は夏の雰囲気《ふんいき》をまとい始めていた。そうなると一〇六号室においても夏の話題が増え、自然と夏休みに何をしようかという話になる。気の早い者は既《すで》にその準備に動き出していた。

「ホレ、どうじゃコータロー。恐《おそ》れ入《い》ったか」

ティアは買ってきたばかりの水着を身に着け、孝太郎の前でふんぞり返る。ティアの新しい水着は赤を基調とした派手なデザインのセパレート。いわゆるビキニだった。先日海へ行こうという話になったので、早速買いに行ってきたティアだった。

「恐れ入るほどではないけど………」

「けど?」

「……似合ってはいる」

ティアには派手なデザインの水着に負けない華《はな》やかさがある。金色の髪《かみ》と青い瞳《ひとみ》は、孝太郎にも水着とよく調和しているように思える。女の子を褒《ほ》めるのは多少照《て》れ臭《くさ》くはあったが、孝太郎は素直《すなお》に感じた事を言葉にしていた。

「んふふ～、そうであろう～、そうであろう～。そなたの主人は可憐《かれん》なのじゃ」

「可憐な子はふんぞり返ったりしないんだぞ」

「そなたは仕草一つで騙《だま》されるような愚《おろ》か者《もの》ではない。わらわが可憐だとちゃんと分かっておろう」

「大した自信だな」

「わらわがそなたを信じずにどうする」

ティアは軽く目を細め、ほんの僅《わず》かに孝太郎に顔を近付けるようにする。その変化はほんの微《かす》かだったが、孝太郎の胸はどきりと跳《は》ね上《あ》がった。最近孝太郎はこうしてティアに動揺させられる事が多くなっていた。もちろんそれは、ティアに限った事ではなかったのだが。

「……そんな事より、その水着、少し布地が少な過ぎないか？」

「ん？　ああ、確かにそうじゃの………んふふ～、嫉妬《しっと》してくれておるのか？　他《ほか》の男

に見られたくないと……ふふふ……」

ティアは軽く首を傾《かし》げて笑う。その瞬間《しゅんかん》は確かに、ティアは可憐だった。

「べ、べつに嫉妬なんて……」

「安心せい。今年の夏はプライベートビーチじゃ。そなたしかわらわを見る事はない」

ティアはそう言って再び笑う。実は警備上の都合で、孝太郎達が一般《いっぱん》の海水浴場を使う事は難しかった。ティアやナルファを筆頭にVIP揃《ぞろ》いだからだ。孝太郎達がVIP揃いであると誰《だれ》も気付いていなかった去年までとは完全に状況が違《ちが》う。そんな訳で今年の海水浴はプライベートビーチで、という事になるのだった。

「そんな事を言ってるんじゃなくてだな」

「ではどんな事なのじゃ？」

「……それは……」

「ティアちゃん、プライベートビーチって本当⁉」

しばらく水着のカタログとにらめっこしていた静香《しずか》が会話に加わる。彼女《かのじょ》はカタログを放《ほう》り出《だ》し、目を輝《かがや》かせ身を乗り出すようにしてそう言った。

「うむ。既に準備は進めておる」

「へぇえ、そうなんだぁ。じゃあ私も大胆《だいたん》な水着にしちゃおうかなっ⁉」

「大家さんまで!?」

「滅多《めった》に無いチャンスだから、固い事言わないでよ、里見君《さとみ》」

「そうは言っても、嫁入《よめい》り前の女の子が――」

「里見君が嫁に貰ってくれるんだから大丈夫《だいじょうぶ》よ。ちょっと先取りって感じ?」

「あのですねぇ」

「私達の事を嫁に貰えるほどには好きじゃないって言うなら諦《あきら》めるけど?」

「……………」

孝太郎と少女達は、多くの苦難を共に乗《の》り越《こ》え、互《たが》いの心の奥底《おくそこ》を見せ合った。お互いの為《ため》に命も懸《か》けた。だから嫁に貰えるかというだけの話なら、九人全員が間違《まちが》いなくその水準を超《こ》えている。それも大分前の時点で。障害は単に状況や法律、常識だけ。だから孝太郎には何も答えられなかった。

「決まりね! 私も大胆なのにしようっと!」

静香は笑顔《えがお》で投げ出していた水着のカタログを再び手に取る。そして開いたページは先《さき》程《ほど》までとは違う、大人の女性向けの特集ページ。特徴的《とくちょうてき》なデザインで、しかも大胆な水着ばかりが集められているページだった。

「ふんふ～ん、ふ～ん♪」

静香は上機嫌《じょうきげん》でページをめくっていく。やはり静香も今時の女の子。新しい服や水着を買うとなれば、気分は上向く。そんな静香とは逆に、気分が落ち込み気味なのがルースだった。

「何故《なぜ》そんなところに隠《かく》れておるのじゃ！　見せる為に買ったのじゃろう！」

「しっ、しかしっ、何も今日見せる必要はないではありませんか！」

「だったら何故着替《きが》えておるのじゃ！　諦めて出て参れ！」

「きゃっ、きゃあぁぁぁぁぁっ!!」

ガタドタ
この時ルースは洗面所にいた。それをティアが強引《ごういん》に引っ張り出し、六畳間の方へ連れてきた。そんな騒《さわ》ぎに自然と孝太郎達の視線はルースの方を向く。彼女は両手で身体を隠すようにして立っている。ティア同様、その身体は水着に包まれていた。

「う、うううううっ」

ルースの顔は真っ赤だった。海ならともかく、こんな屋内で下着も同然の格好を晒《さら》しているのは、大真面目《おおまじめ》なルースには大きな抵抗《ていこう》感があったのだ。

「ホレ、コータロー、何か言ってやらぬか。せっかくルースがそなたの為に選んだ水着じゃぞ？」

「ティア、お前は少なからず自分が可愛《かわい》い水着を着たいって願望があるだろう?」

「うむ」

「でもルースさんはお前と違って百パーセント真面目なんだから、無理にやらせるなよ。可哀想《かわいそう》だろ」

「それは言いがかりじゃ! 今ルースが水着を着ておるのは、わらわに強制されたからではない! わらわが着替えるのを見て、ルースは自分で着替えたのじゃ!」

「……えっ?」

予想外の言葉に、孝太郎は反射的にルースを見た。すると自然にルースと目が合う。その瞬間、ルースはこれまで以上に顔を赤らめて目を逸《そ》らした。既に頬《ほお》や顔だけでなく、首の下あたりまで赤い範囲《はんい》が広がっている。そしてルースは目を逸らしたまま、ほんの僅かに首を縦に振《ふ》った。

「ホレみた事か。幾《いく》ら大真面目だろうが、ルースも女の子じゃぞ?」

「そりゃあ……そうだろうが……」

「……」

ルースは無言のまま、両手を広げて身体を隠すのを止めた。薄い布地に包まれた華奢《きゃしゃ》な身体が、孝太郎の目の前に現れた。ルースの水着はティアとは逆でワンピースのシンプルなデザイン。そして薄い青を基調として、ところどころに淡《あわ》い黄色で装飾《そうしょく》が入っている。どことなく騎士団《きしだん》の制服を思わせる配色だった。

「ホレ、何か言わぬか」

「このノリで何か言ったら、意味深過ぎるだろうっ！」

「だったらキスでも何でも、好きな事をして参れ。せめて行動で示すのじゃ！」

「意味深の中身を直《じか》にやってどうする！」

「だってさっ、良かったね、ルースさんっ」

そう言って静香はルースに笑いかけた。

「しまった⁉」

そこで孝太郎は自分のミスに気付いた。『意味深』の中身がキスや何かであるなら、孝太郎はルースを見て何を思ったのかは想像がつく。ティアに煽《あお》られた孝太郎は、それを遠回しに明かしてしまった格好だった。

「………意味深………おやかたさまがわたくしに意味深………よかった………」

ルースは首から上を赤くしたまま、胸に手を当てて大きく安堵《あんど》の息を吐《は》いた。孝太郎がルースをどれだけ大事にしているかは彼女も知っている。二人きりになった時には、腕《うで》を組んで歩くような事もあった。だが孝太郎がルースを、どのくらい女の子として必要だと思っているのか、そこには自信が持てないでいた。他の少女達程には、女の子としては見て貰えていないのではないか、そんな不安があったのだ。晴海《はるみ》やキリハなど、女の子らしさが突出《とつしゅつ》している者達が身近にいるのだからそうもなるだろう。また孝太郎とティアの間にある、過激な関係も不安を誘《さそ》う一因だ。自分と孝太郎の距離《きょり》が、ティアとのそれと同じようには思えなかったのだ。

だが孝太郎が口にした『意味深』という言葉の中にキスが混じっているというのなら、女の子として見て貰えているという事になる。そして真面目なルースの為にそれが表に出て来なかっただけ。それを理解したから、ルースは深く安堵したのだった。

「ホレ、ルースにちゃんと何か言ってやらぬか。そなたの為に、苦手なこの手のアピールを必死になってやっておるのじゃぞ?」

ティアが孝太郎を肘《ひじ》でつつく。ティアは非常に悪い顔で笑っていたが、目の奥《おく》には悪い気配はない。むしろ思いやりのある、優《やさ》しい目だった。幼馴染《おさななじ》みのルースを思いやっているのだ。そんなティアの目を見て、孝太郎は観念した。

「えーと………俺がルースさんの水着姿に何も言わなかったのは、決して女の子としての魅力《みりょく》が無いからじゃなくて、その………逆に魅力があるからこそ、何と言って良いか分からなくて。ルースさん真面目だから………傷付けるような事は絶対嫌《いや》だなって………だからその、ルースさんの水着姿綺麗《きれい》だなって……似合ってるなって……思ったりなんかしたけど、すぐに言えなかった感じで……」

そして孝太郎は非常に言い難《にく》そうにしながらルースに本心を打ち明けた。まとめると、孝太郎はルースの女心が上手《うま》く想像できないから、下手な事が言えなかった、という事になるだろう。

「……わ、わかって、おります……もう、ちゃんと……」

ルースはそう言って、真っ赤な顔のまま微笑《ほほえ》んだ。孝太郎は彼女の水着姿より、その愛情と必死さが同居した笑顔の方に引き込まれていたのだが、今言う事ではないなと思い、その言葉を胸の奥にしまい込んだ。

「わたくしはその言葉だけで、副団長として、一生お仕え出来ると思います……」

ルースは頭の中が熱くなって上手く考えがまとまらない。けれど両手を高鳴る胸に押《お》し当《あ》て、懸命《けんめい》に頭を働かせ、この言葉を口にした。今のルースに出来る精一杯《せいいっぱい》だった。

「ああ、うん……よろしくお願いします」

孝太郎はルースが口にした言葉が、言葉通りの意味ではない事に気付いていた。先日二人だけで買い物へ出掛《でか》けた時に、彼女が言っていたのだ。公私混同をして貰える副団長になりたい、と。それを思い出した時、同時に孝太郎は思った。ルースが公私混同のない完《かん》壁《ぺき》な副団長になったら寂《さび》しいと。孝太郎も公私混同して欲《ほ》しいと思っていたのだ。だから孝太郎の返事にも、言葉以上に強い意味が込められていた。

「お任せ下さい、おやかたさま……ずっと……」

そして幸いな事に、ルースにはその意味が正しく伝わっていた。ルースは幸せだった。これでどんな困難にぶつかっても、胸を張って立ち向かっていける。そんな気持ちで胸がいっぱいだった。両手で胸を押さえていないと、心臓が爆発《ばくはつ》してしまいそうだった。

「……際《きわ》どい水着姿でなければ、このやりとりは完璧だったのじゃがのう」

「でんかっ⁉」

しかしすぐにそれどころではなくなる。ルースは再び両腕《りょううで》で身体を隠すようにすると、大慌《おおあわ》てで洗面所の方へ逃《に》げていった。孝太郎に水着を見て貰ったし、感想も聞いた。大真面目なルースには、この辺りが羞恥心《しゅうちしん》を堪《こら》える限界だった。そしてルースには、このままでは自分がおかしな事を言い出しそうな予感もあったから。

「ふぅん、意外だったなぁ……」

洗面所に向かうルースを見送りながら、静香が笑う。気になった孝太郎が尋《たず》ねる。

「何がですか？」

「里見君が、ゆりかちゃんに続いて二人目に貰った嫁がルースさんだったって、こ・と・

よっ♪　この～、このこの～、やればできるじゃない～～♪」

静香は悪戯《いたずら》っ子《こ》特有の悪い笑顔を作り、肘で繰り返し孝太郎をつつく。その様子はとても楽しそうだった。

「何でそうなるんですか⁉」

「だってそうでしょう？　ルースさん一生お仕えしますって言ってたけど、どう見ても騎《き》士団長《しだんちょう》と副団長のやり取りじゃなかったもの」

「そんな事は――――」

「あーーるぅ～～。水着着て羞恥心を堪えながら一生お仕えしますって言う女の子に、おねがいしますって答えて………アレ絶対違う意味でしょ。そうじゃなかったら、どんな趣《しゅ》味《み》の騎士団長さんですかねぇ？」

静香にしてみれば、既に孝太郎と少女達の関係には結論が出ていた。だが孝太郎は頑《かたく》なにそれを認めようとしない。そんな孝太郎が、ゆりかに続きルースをずっと傍《そば》に置くと決めた。静香にはようやく二人目か、という思いがあった。

「あれは………」

「あれは？」

静香は挑戦的《ちょうせんてき》な視線で孝太郎を見る。静香はとても楽しそうだった。

「……あれは……」

「……」

静香は黙《だま》って孝太郎を見つめ続ける。静香には自信があった。孝太郎がルースを傍に置いておく理由の殆《ほとん》どが、騎士団の副団長としてではなく、ルースという少女そのものにあると。

「……」

「……ホラね？」

結局、孝太郎は何も答えられなかった。確かに副団長以外の理由がなければ、さっきのルースとのやりとりはとても奇妙な状況だったから。静香はしてやったりという顔で笑っていた。そして静香は、孝太郎が残りの七人――静香自身を含《ふく》む――をどういう理由で受け入れるのかが楽しみだった。

私服に着替えた後も、ルースは照れ臭そうにしていた。彼女は孝太郎から見てちゃぶ台の反対側、しかし若干《じゃっかん》正面から外れた位置に座《すわ》って孝太郎の視線を避《さ》けている。それでいて彼女の方は孝太郎にちらちらと視線を送っている。それだけ先程のやり取りは、ルースにとって重要な意味を含んでいたという事になるのだろう。

「ねーねー孝太郎」

いつものように孝太郎の背中にくっついていた早苗《さなえ》が間近で囁《ささや》く。

「んー？」

「あんたとルース、喧嘩《けんか》でもしたの？」

高い霊能力《れいのうりょく》の素養を持つ早苗は、ルースの感情に気付いていた。孝太郎が気になって仕方がない。話しかけたいが照れ臭い。何を話して良いか分からない。ルースが発している感情はそんなものだったが、どうしてそうなっているのかまでは一〇六号室に帰って来たばかりの早苗には分からない。そこで直接孝太郎に訊《たず》ねてみた早苗だった。

「いいや」

「そうだよね。怒《おこ》ってないし、悲しんでないし……むしろどこか嬉《うれ》しそうだもん」

「そうか、嬉しそうか」

ルースが照れ臭そうにしているのは孝太郎にも分かっていた。だがその胸の内が実際どうなっているのかは想像するしかなかった。早苗程霊能力に長《た》けている訳ではないのだ。だが早苗がルースの本音を教えてくれた。その事が孝太郎を幾らか安堵させていた。

「うん。何があったの?」

「簡単に言うとだなぁ、俺とルースさんが、もう少し仲良くしましょうと合意に至ったんだ」

「ふぅん、良い事だね」

「そうだな、良い事だ」

早苗に事情を伝える為に話をまとめた孝太郎だったが、その事が改めて孝太郎にルースとのやり取りの意味を教えてくれた。もう少し仲良くするのは良い事。確かに早苗が言う通りだった。

「………」

その時だった。不意にルースの視線が孝太郎に注がれる。また孝太郎が気になって、目が向いたのだ。

――――もう少し仲良く、だよな。

そんなルースの様子に気付いた孝太郎は、胸の中でもう一度その言葉を繰り返すと、ルースに向かって軽く手を振った。考えてみればティアや早苗のようなアクティブな人間とは違って、ルースの孝太郎に対する働きかけは弱い。時には自分の側から働きかける必要があるだろう、孝太郎はそんな風に思うようになっていた。

「!?」

これに驚いたのがルースだった。彼女は孝太郎の反応を期待していた訳ではなかった。だからこの予想外の反応にどうしたら良いか分からず、慌《あわ》てて顔を伏《ふ》せた。ルースの顔は再び赤く染まっていた。

「ねえ孝太郎」

「うん?」

「今ちょっと、男前だった」

ぎゅっ

早苗は孝太郎に抱《だ》き付《つ》く力を強める。困っているルースに対する思《おも》い遣《や》りを見せた孝太郎。早苗はそんな孝太郎の行動が嬉しい。他人の感情が読める早苗なので、我《わ》が事のように嬉しかった。

「そうか? お前達ぐらいには、時々男前になれればなって思うんだ」

孝太郎は素直に本音を明かす。早苗が密着した状態では、隠し事は通じない。孝太郎が万人《ばんにん》のヒーローになるのは難しい。しかし目の前にいる心優《こころやさ》しい人々の前でくらいは、時折そうなりたい。そうしないといけないと思えるほど、優しさを注いでくれた人達だったから。

「時々なんだ？」

「俺はマッケンジー程器用じゃないからな」

「そーだね。ほどほどが良いかも♪」

早苗はそう言いながら、完全に身体を孝太郎に預けてしまった。これは早苗の最大級の愛情表現だった。その勢いに孝太郎は少し前のめりになってしまうが、こんな事は日常茶飯事。すぐに元の体勢に戻ると、肩《かた》のところにある早苗の頭を撫《な》でてやった。

「ん～～ふふふふ～～」

「何が良いんだかな」

「前から言ってるでしょ、全部だって」

「ほー、全部か」

ぴしっ
孝太郎の中指が早苗の額を弾《はじ》く。慣れた行為《こうい》なのでその一撃《いちげき》は完璧で、鋭《するど》い音が六畳間に響《ひび》き渡《わた》る。何事かと少女達の視線が集まった。

「いたっ!?」

早苗は顔を歪《ゆが》めると孝太郎から離《はな》れ、慌てた様子で自分の額を押さえる。

「痛くない」

「あんたが決めるな――」

だがそれも僅かな間だけ。早苗は額を押さえたまま、すぐに孝太郎の背中に戻った。

「――ってさ、あたしにこういう事やっても、全部筒抜《つつぬ》けだけど大丈夫なの？」

「大丈夫だ」

「ふーん」

早苗は上機嫌で再び孝太郎にしがみつく。この時、早苗の下半身は宙に浮《う》き、ゆらゆらと海草のように足が動いていた。こういう時の早苗の身体は殆ど重さがない。やりたい事をやる為に、霊能力で身体を浮かせているからだ。そしてその状態になったのを見届けると、他の少女達の視線は次々と離れていく。よくある光景なのだった。

「暇《ひま》なら知恵《ちえ》を貸して下さいまし」

最後まで視線が離れなかったのはクランだった。彼女は愛用のコンピューターが作る立体映像越《ご》しに、じゃれ合う二人を見つめていた。

「何やってるんだ？」

孝太郎は早苗を背負ったまま立ち上がると、壁《かべ》に近付く。クランは重力を操《あやつ》り、壁を地面代わりにして座っている。狭《せま》い六畳間を広く使う工夫《くふう》だった。

「新しい『朧月《ろうげつ》』の内装を決めているんですわ」

「そういや『朧月《ろうげつ》』改装するって話だったたな」

ヴァンダリオンとの最終決戦で、ティアの専用艦《かん》であった『青騎士《あおきし》』は大破に近いくらい破壊《はかい》された。辛《かろ》うじて自航は出来るものの、これを修理するぐらいなら作り直した方が早いだろうという状態だった。そこで『青騎士』は孝太郎の専用艦として新たに建造される事に決まった。設計も根本から見直され、新設された騎士道《きしどう》級の一番艦として、フォルトーゼ史上最大の宇宙戦艦になる予定となっていた。

これと並行してティアの専用艦が新しく建造され、クランの『朧月《ろうげつ》』が改装される事に決まった。皇女の戦艦二隻《せき》は完全に『青騎士』と共闘《きょうとう》する為の装備が施《ほどこ》される。状況的《じょうきょうてき》に同じ戦場に立つ可能性が高いので、連携《れんけい》して戦う仕組みが強化されるのだ。そしてクランは、その改装の作業の真っ最中だった。

「でもあたし達じゃ役に立たないでしょ、あんたの船の作り直しは」

「幾ら技術的な分野でも、わたくしが苦手な事はありましてよ」

ピ、ピピピッ

クランはコンピューターを操作して、孝太郎と早苗にも立体映像が見えやすいようにしてくれる。それを一瞥《いちべつ》した孝太郎は、クランが何に困っているのかを理解した。

「なるほどな、デザインや配色に困ってた訳か。幾ら科学の天才クラン殿下《でんか》でも、芸術分野では人並みだもんな」

「天才というのはキィみたいな人間に与《あた》えるべき称号《しょうごう》ですわ」

「あんたって線は真《ま》っ直《す》ぐ引きたいタイプだもんねー」

「そういう事ですわね。正確には関数で表記できる線を引きたいんですけれど」

クランが孝太郎と早苗に見せた立体映像は『朧月《ろうげつ》』の内装のカタログだった。椅子《いす》ひとつとっても、大きさや形、各部の配色、使い勝手など、多くの事を気にしなければならない。それは科学分野に一点集中されているクランの才能には含まれていない、芸術的な才能が求められる作業だった。

「あたしだって得意分野じゃないわよ？」

「この際、人海戦術ですわ！　質を数で補いますの！」

「頼りない人海戦術だなぁ………って、それでもまあ、基本の配色はこのオレンジの奴《やつ》で良いんじゃないか？」

孝太郎はブリッジの配色を決める為に用意された幾つかのサンプルから、オレンジ色を基調としたものを指さした。

「何故ですの？」

クランは軽く首を傾げ、眼鏡の奥で何度か瞬《まばた》きを繰り返す。

「お前の額に刻まれた紋章《もんしょう》の色だ。お前専用の宇宙戦艦だって、分かり易《やす》いだろ」

とんとん

孝太郎の指先がクランの額に触《ふ》れる。今は見えていないが、孝太郎がシグナルティンとサグラティンを使うと、その場所にオレンジ色の剣《けん》の紋章が現れる。それは彼女の命の何分の一かが、剣に与えられている証だった。

「そうですわね！」

するとこれまで困り顔だったクランの顔が、花開くように笑顔へと変わる。そして彼女は大きく頷《うなず》いた。

「あなたの仰《おっしゃ》る通り、オレンジを基調に進めますわ！」

クランは上機嫌でコンピューターを操作し、配色をオレンジに固定。そうすると立体映像の数が大分減った。オレンジ色が向かないデザインが消えたのだ。

「でも、なんでもかんでもオレンジにするなよ？」

「分かっていますわ。んもう、子供ではないのですから」

「でもねー、孝太郎はあたしやメガネっ子には、ずっと手がかかる子供みたいな女の子で居て貰いたいんだよ」

「あっ、こらっ⁉」

「えへへ〜〜〜、あっ、あたしの部屋は紫色《むらさきいろ》にして！　ただ目が痛くならないように、うっすい紫《むらさき》で！」

早苗は孝太郎に怒られないうちに、素早《すばや》く話題を元に戻す。

「……………ああ、えと………紫、薄い紫ですわね………」

じっと孝太郎を見ていたクランは、慌てた様子で作業に戻る。しかし作業に戻っても、クランはどこか上の空。妙《みょう》な操作をしてはやり直すという行動を繰り返していた。

「あっ、里見君、ルースさんの次はクランさんなのっ⁉　この〜このこの〜♪」

「大家さん、俺は何もしてないじゃないですか」

「何もしなくても伝わるのが真の愛でしょ！」

やがて『朧月《ろうげつ》』の事とは全く関係のない方向へ話が転がっていく。それは孝太郎にとって都合が悪い話ではあるのだが、特に話を変えようとはせず、少女達の好きなようにさせていた。孝太郎がそうする理由は、どうしても話題が変わる時が来てしまうからだ。それも孝太郎が少女達にさせたくはないと思っている話題に、変わってしまう時が。

「只今《ただいま》帰った」

『帰ったホー！』

『姐《あね》さんお疲《つか》れ様《さま》だホー』

その話題への転換《てんかん》は多くのきっかけがあるが、この日の場合はキリハの帰宅がきっかけとなった。彼女は朝から複数の勢力の会合へ出ており、日が落ちた今になってようやく帰宅する事が出来た。その顔には疲労《ひろう》の色が滲《にじ》んでいた。

「お帰り、キリハさん」

「それで、大地の民《たみ》の結論は出たのかのう?」

ティアのこの言葉で、六畳間《ろくじょうま》の賑《にぎ》やかな空気が一変する。全員から笑顔が消え、視線が全《すべ》てキリハの方を向いた。

「日本政府やフォルトーゼ、フォルサリアと足並みを揃《そろ》える事に決まった」

これまでは大地の民と日本政府は距離を置いていた。双方が、良くも悪くも距離を保った方がお互いの為だという判断をしたのだ。これは数万人から十万人の大地の民が時間をかけて平和裏《り》・秘密裏《ひみつり》に地上へ移民するのと、それらと戦うのではどちらが良いかという二択《にたく》の結果だった。ちなみにこの戦略的距離感の構築には、サンレンジャーが大きくかかわっている。彼《かれ》らが大地の民は平和的な者達《たち》だと擁護《ようご》した事で、政府としても揉《も》める方が損なのではないかという結論に至ったのだ。

「霊子力《れいしりょく》兵器で地上人に被害《ひがい》が出た場合は、流石《さすが》に日本政府も黙認《もくにん》を続ける事は難しいだろう。積極的な事態の収拾《しゅうしゅう》が必要だという意見でまとまった」

先日の戦いから、既に数週間が経過していた。にもかかわらず、依然《いぜん》としてラルグウィン達の行方《ゆくえ》は分かっていない。ラルグウィン達は霊子力技術を手に入れた後、姿をくらましたままだった。

そしてこの状況《じようきよう》では、このまま大地の民と日本政府が距離を保ったままという訳にはいかない。あえて距離を縮め、早急《さつきゆう》に事態の収拾を図《はか》らねばならない。日本人の民意が大地の民は悪だという構図で固まってしまう事だけは、断じて避けねばならない。それは少数民族である大地の民の滅《ほろ》びを意味するからだった。

「やれやれ、掻《か》き回《まわ》してくれるのう、ラルグウィンの奴め……」

ティアは忌々《いまいま》しそうに呟《つぶや》くと、ちゃぶ台に肘をついて何事かを考え始める。考え込んでいる者はティアだけではない。おかげで六畳間の空気はグッと重くなっていた。少女達にこういう顔をさせてしまうから、孝太郎はこの話題が嫌《きら》いだった。かといって、この話をしなければいつまでも解決しない。孝太郎としては困った状況だった。

「問題は、ラルグウィンがこれからどうするのか、でしょうね」

晴海が問題点を整理する。ラルグウィンは流石に無策で攻撃《こうげき》してくるとは思えない。必ず何か、効果的な手を打って来るだろう。先日の戦いで兵力を大きく失っているので、無策では敗れると分かっている筈《はず》だから。

「私は何処《どこ》かでロボットを沢山《たくさん》作っているのではないかと思うのですが。埴輪《はにわ》さん達《たち》のような、意思と力を持っているロボットなら、失った兵力の代わりになるんじゃないかと思うんです」

晴海の考えは、ラルグウィン一派は手持ちの技術を組み合わせて兵力を回復させようとするのではないか、というものだった。フォルトーゼの技術と霊子力技術を組み合わせれば、優《すぐ》れたロボットを作る事が可能だ。例えば埴輪達のような意思と判断力を備えた、移動砲台《ほうだい》を作るなどというのは、単純で効果的な組み合わせと言えるだろう。

「ですが、ラルグウィン一派の拠点《きょてん》は既にあらかた調査が済んでいます。どの拠点にもラルグウィン達の痕跡《こんせき》はありませんでした」

ルースはそう言いながら立体映像の地図を表示し、その上に拠点の位置を赤い丸印で投影《とうえい》していく。赤い丸印の数は三つ。それらは先日の戦いで逮捕《たいほ》したヴァンダリオン派残党を取り調べた結果、得られた情報だった。既に人員を送り内部の調査をしたが、三つの拠点が使われた形跡はなかった。ラルグウィンは三つの予備の拠点を用意しながらも、多くの兵を失った事で情報漏洩《ろうえい》を警戒《けいかい》して使わなかったのではないか、というのが調査を担当した部隊長――ネフィルフォランの結論だった。

「だが俺《おれ》も桜庭先輩《さくらばせんぱい》の考えは間違っていないと思う。あれだけ兵を失ったんだ、回復させない事には小規模な行動しか取れなくなるからな。だからまず、どこかに新しい拠点でも作っているんじゃないだろうか？」

孝太郎は戦略面から晴海の考えの正しさを感じていた。ラルグウィン達は元々そう大きな兵力を持っていなかった上に、先日の戦いで大半の兵力を失った。この状態では大規模な攻撃を計画するのは難しい。ゲリラ戦やテロ攻撃など、小規模な攻撃しか出来なくなっている筈なのだ。そうした攻撃でフォルトーゼを転覆《てんぷく》させられるかというと、難しいと言わざるを得ない。つまり兵力を回復させる事なしに、ラルグウィンの野望は達せられないという事になるのだ。その為の手段としては、晴海の考えは正しいように思えた。その最初の段階として新しい拠点を作る筈、孝太郎はそう考えていた。

「我も晴海と孝太郎が言う通りだと思うのだが、彼らが魔法《まほう》の獲得《かくとく》に動いている可能性もあると思っている」

だがここでキリハがもう一つの可能性を示した。それはラルグウィン達が魔法使いとの接触《せっしょく》を図っているという、かなり大胆な考え方だ。だからティアが難色を示した。

「キリハよ、幾らなんでもこの短期間で奴らが魔法に辿《たど》り着《つ》くとは思えぬ。魔法に関しては考え過ぎではないじゃろうか？」

大地の民が住んでいる場所は日本から地続きなので、早くに辿り着く可能性はあった。

だがフォルサリア魔法王国があるのは別の世界。魔法でそこへ移動しなければならないので、簡単に行くとは思えない――というのがティアの考えだった。

「もちろん、いきなり魔法使いを探し始めるのは不自然だ。だが先日の戦いでの彼らの消え方を思うに、全くの無視も危《あや》うい」

キリハもティアが言っている事は承知の上だった。だがやはりキリハは、ラルグウィン達の消え方が引《ひ》っ掛《か》かっていた。何らかの偶発的《ぐうはつてき》な出来事から、既《すで》に魔法に手が届いているのではないか。キリハはそれを懸念《けねん》していた。

「それは……確かに。あの時に消えた方法が分からないうちはそうかもしれんのう」

霊子力技術でも、空間歪曲《わいきょく》技術でもない。魔法ならあるいは可能かもしれないという消え方だった。しかし確たる証拠《しょうこ》がある訳でもない。それぞれの分野のエキスパートである少女達にも分からないという事が、とても不気味だった。

「あたし、あれは灰色のぐるぐるだと思うな」

ラルグウィン一派が姿を消した時、早苗は灰色のぐるぐる――どこかに混沌《こんとん》の渦《うず》の存在を感じていた。だから混沌の渦があの霧《きり》のような煙《けむり》のような何かを生じさせたのではないか、早苗はそのように思っていたのだ。

「そうだとすると、パープルのように魔法で地獄《じごく》の門を呼び出したか、タユマのように魔力や霊力《れいりょく》を暴走させたか…………」

真希《まき》が知る限り、混沌の渦を呼び寄せる方法は大まかに二つある。一つはダークパープルがやったように魔法で空間を歪めて地獄の門を開く方法。もう一つはシジマ＝タユマがやったように、一点に集中させた魔力や霊力を――変換《へんかん》中だったので大半が魔力だったが――暴走させて世界の境界を曖昧《あいまい》にする方法だった。渦の側が進んで現れる場合を除けば、この二つが最も有力な手段だった。

「でもでもぉ、真希ちゃぁん、暴走状態でぇ、あれだけの人数を正確に移動できるとは思えないんですけれどぉ」

しかし二つ目の方法にはゆりかが疑問を呈《てい》した。タユマが暴走状態に陥《おちい》って黒い犬に変じた時、細かな力の制御《せいぎょ》など出来ていなかった。それに対して、先日の謎《なぞ》の霧による脱出《だっしゅつ》は、明らかに細やかなコントロールが必要だった。孝太郎達とラルグウィン達を正確に区別して移動させていたのだ。タユマのような暴走状態でそれが出来るとは、ゆりかには到《とう》底《てい》思えなかった。

「そうよ。だから魔法を捜査《そうさ》線上から外せないの」

タユマのやり方が駄目《だめ》であるなら、残りは魔法で地獄の門を開放する場合だ。その向こう側に渦巻《うずま》く混沌の力を魔法で制御するなら、ラルグウィン達を逃がす事が出来るのかもしれない。だがそれには魔法の力が不可欠だ。そしてそれこそが、キリハが捜査線上から魔法を除外出来ない理由でもあるのだった。

一旦《いったん》ラルグウィン達ヴァンダリオン派の残党の話になってしまうと、一〇六号室の空気はなかなか元の調子には戻《もど》らない。先が見えず、ある日突然攻撃《とつぜんこうげき》を受けるかもしれないという状況が、楽しい空気を寄せ付けなくなってしまうのだ。それは仕方のない事だろう。どれだけ強い力を持とうとも、孝太郎と少女達はまだ十代の少年少女なのだから。

――――また、空気が重い、な………。

事情は知らないナルファだが、時折部屋に漂《ただよ》う空気の重さは彼女《かのじょ》も感じ取っていた。ナルファが気付いたのは最近だが、それ以降もしばしばこの状態になり、なかなか元に戻らない。とはいえ詳《くわ》しい事情が分からないので、その空気をどう払拭《ふっしょく》すれば良いのかは分からない。心配だけど、どうにもならない。ナルファにはもどかしい状況だった。

――――ここに入っていく勇気は………ないなぁ………。

夕食に呼ばれているナルファだったが、今日はそのタイミングで一〇六号室の空気が重くなってしまっていて、隣《となり》の一〇五号室から暖簾《のれん》越《ご》しに様子を窺《うかが》っていた。ナルファには入り辛《づら》い空気だった。

「よし！」

だがナルファは前向きだった。一度はこのタイミングでは入れないと怖気《おじけ》づいた彼女だったが、それではいけないと思い直した。こんな時こそ関係ない自分が頑張《がんば》る時ではないか、一緒《いっしょ》になって落ち込むのではいけないのではないか、そんな風に思ったのだ。

「今こそこれを使う時！」

ナルファは押し入れを開けると、その中にしまってあった包みを手に取った。そしてその中にあるものを身に着けると、暖簾を潜《くぐ》って一〇六号室へ入っていった。

「おじゃましまーす！」

そして必死になって勇気を出しての第一声。一〇六号室の住人達はその時になってようやく、ナルファが入って来た事に気が付いた。

『ぶっ』

その瞬間《しゅんかん》、一〇六号室の住人達全員が吹《ふ》き出《だ》した。ナルファの意外過ぎる姿に、度肝《どぎも》を抜《ぬ》かれたのだ。

「ナッ、ナルファッ、何じゃそなたのその格好はっ⁉」

一番反応が早かったのはやはりティアだった。その場にぴょこりと立ち上がると、その指先を繰《く》り返《かえ》しナルファへ向ける。普通《ふつう》ならルースが他人を指さしてはいけないとやんわりと止めるところだが、そのルースも驚《おどろ》きのあまりナルファから目を離せずにいた。

「あはははは、可愛《かわい》いから買ってきてしまいました！」

この時ナルファが身に着けていたのは、赤いプラスチックで作られた円錐形《えんすいけい》のパーティ用の帽子《ぼうし》と、大きな鼻と髭《ひげ》がついたこれまたパーティ用の黒縁《くろぶち》眼鏡。どちらかといえば儚《はかな》げな印象があるナルファが制服姿のままそんなものを身に着けていると、違和感《いわかん》が尋常《じんじょう》ではなかった。そしてその激しい違和感は、一〇六号室に停滞《ていたい》していた重い空気をあっさりと粉砕《ふんさい》してくれた。

「それを可愛いって言うセンスは、ナルちゃん独特のものよね。ふふふ」

静香の口から笑いが漏《も》れる。その笑顔《えがお》はいつもの静香のそれだった。

「貸して貸して！　あたしも着けたい！」

早苗が両手をパタパタと上下させながら駆《か》け付ける。その両目はキラキラと輝《かがや》き、頭の中には自分がそれを身に着けた姿しかなかった。

「はい、どうぞサナエ様」

ナルファにも異存はない。黒縁眼鏡を外して早苗に手渡《てわた》すと、自らの手でパーティ帽子

を早苗に被《かぶ》せてやった。眼鏡と帽子は早苗にジャストフィット。可愛らしい早苗にコミカルな印象が加わり、ナルファに負けず劣《おと》らず面白《おもしろ》い姿が出来上がった。

『わはははははっ！』

すると今度は一〇六号室に大きな笑いが広がっていく。ナルファのおかげで空気が緩《ゆる》んだところに早苗の一撃が加わり、いつしか一〇六号室の空気は普段のそれへ戻っていた。ナルファはそれを感じて、上手くいって良かったと胸を撫で下ろした。

「今度はティアが着けてみなよ」

「ふむ、貸してみよ」

『きゃはははははは!!』

「あはははっ、わはははは、ホ、ホレ、次はそなたじゃルースッ！」

「は、はい、それでは……」

『あはははははははっ!!』

そこからはお祭り騒《さわ》ぎだった。少女達はかわるがわる眼鏡と帽子を身に着け、その度に大きな笑い声があがる。ナルファはそれを満足そうな表情で見守っていた。

とんとん
そんなナルファの肩を、誰《だれ》かが叩《たた》いた。何だろう、そんな思いでナルファがそちらに顔を向けると、肩の上には男性の大きな手があり、そしてその向こう側には孝太郎の顔があった。

「コータロー、様………？」

「………助かったよ、ナルファさん。ありがとう………」

孝太郎はナルファの耳元で短くそう囁くと、すぐにナルファに背を向けた。

「えっ………」

そしてナルファの返事を待たず、孝太郎は元の自分の席に戻っていった。

「次はあなたの番ですわよ、ベルトリオン」

孝太郎が自分の席へ戻ると、クランが帽子と眼鏡を差し出す。

「俺もか!?」

「あなたもですわ。当然でしょう？」

「仕方ないなぁ………貸してみろ」

最初は少し渋《しぶ》った孝太郎だったが、すぐに帽子と眼鏡を受け取って身に着けた。

『あはははははははははっ!!』

すると部屋にはもう一度笑い声が満ちる。少女達にはその姿は大好評だった。

「………コータロー様………」

けれど一人、ナルファだけは笑っていなかった。彼女は笑いよりも強い、他の感情に衝き動かされていたのだ。

――好きになっちゃ、いけないと思うんですけれど……こんな風にされたら、誰だって絶対……。

ナルファは制服の胸元《むなもと》をぎゅっと掴《つか》むと、顔を伏せる。その姿は一見泣いているようにも見えた。実際、そうなのかもしれない。しかし彼女の胸の中にある感情は、とても温かで優《やさ》しいものだった。

ナルファのおかげでいつもの調子を取り戻した孝太郎達は、少し遅《おそ》めの夕食を食べていた。今日の料理当番は孝太郎。先日ボードゲームで遊んだ時に勝った晴海が、賞品代わりに孝太郎の料理が食べたいと希望して実現したものだった。

「いやー、桜庭先輩、お待たせして申し訳ない」

孝太郎は焼いたばかりの鶏《にわとり》のローストを器用に切り分けながら晴海に詫《わ》びる。夕食が遅くなったのは、わざわざ『朧月《ろうげつ》』まで行って鶏肉《とりにく》を焼いていたからだった。これは一〇六号室には孝太郎得意の鶏のローストを焼ける程のオーブンがない為《ため》だった。

「ふふふ、構いませんよ、希望したのは私なのですから」

「そう言って貰《もら》えると助かります」

「コータロー様は料理が得意なのですね？」

そんな孝太郎と晴海の様子をナルファが撮影《さつえい》していた。孝太郎が料理をするとなれば、フォルトーゼの動画制作者としては特ダネだった。

「二千年前は移動する事が多かったから、自然と自分で出来るようになったんだ。この時代では必要ないけれど、鶏を取る罠《わな》も作れるよ」

「言われてみれば確かに……アライア様達とパルドムシーハ領へ向かったり、その後も戦地を転々とする訳ですものね」

「最初の頃《ころ》は里見君も料理を焦《こ》がしたりして大変でしたよ」

「桜庭先輩⁉」

「屋外の火加減が分からなくても仕方ありませんけれど……うふふ」

晴海はアライアの記憶《きおく》を持っているから、孝太郎の料理技術がどのように向上していったのかを知っていた。そもそも父子家庭なので、孝太郎は最初からナイフさばきには不安はなかった。だがそれはあくまで台所の技術であり、屋外での料理の技術などは現地で仲間違から叩き込まれたものだった。

「でも隊の仲間達から色々と教わったそうで、今は御覧《ごらん》の通りなんですよ」

「へぇ～……」

ナルファは感心した様子で鶏のローストにカメラを向ける。表面はハーブを利《き》かせてパリッと焼き上げられている。中の肉は上手《うま》い具合に肉汁《にくじゅう》を閉じ込めていて、ナイフの切れ目だけから肉汁が溢《あふ》れ出している。見るからに美味《うま》そうな出来だった。

「勘弁《かんべん》して下さいよ、桜庭先輩」

「ちょっと里見君の事に詳しいんだって自慢《じまん》してみたくなったので」

「あのですねぇ……」

「あれっ、ちょ、ちょっと待って下さい、コータロー様！」

カメラを回していたナルファが何かに気付いて素《す》っ頓狂《とんきょう》な声を上げた。そしてカメラを向けたまま孝太郎ににじり寄る。

「ん？　どうしたんだい？」

孝太郎がナルファにカメラを向けられる事は多いのだが、この勢いで迫《せま》ってくるのは初めての経験だった。

「って事はですよっ！　コータロー様は、二千年前の料理を体得しているって事ですよねっ⁉」

「まあ……そうなるかな」

「ぜっ、是非《ぜひ》教えて下さいっ！　全部！　コータロー様が知っている二千年前の料理の全てを！」

「ええっ⁉　全部をっ⁉」

「二千年前の料理なんて正確には伝わっていないんです！　それを作る事が出来るっていうのはとても凄《すご》い事なんです！　一刻も早く、コータロー様が忘れてしまう前に！　全ての記録を取らないとっ！」

ナルファはいつになく慌てた様子でまくしたてた。フォルトーゼが近代化されて既に千年以上が経過しているので、それ以降の記録は電子化されて多くが残されている。だがそれよりも前の、書物や口伝に頼《たよ》っていた頃の記録は失われた物も少なくない。料理のレシピはその最たるもので、調理法という他の記録よりも後回しにされがちな立場もあいまって、二千年前の食生活に関しては分かっていない事が多かった。そのとても貴重な情報を孝太郎が握《にぎ》っている。これはナルファには宝の山の発見に等しかった。

「わ、分かった、分かったから。落ち着いて」

「第一回はいつ撮《と》りますかっ⁉　明日ですかっ⁉」

ナルファはカメラを手に更《さら》に迫る。もう顔がくっつきそうな距離《きょり》で、間にカメラが無ければキスが出来そうだった。

「撮る撮る、撮るから。協力するから落ち着いてナルファさん！」

「絶対ですよコータロー様！　約束ですからねっ！」

孝太郎はタジタジの様子で、興奮して目を輝かせるナルファを落ち着かせようと必死だった。とはいえ孝太郎もナルファに協力する事には異論はなかった。ナルファは良い子だし、先程《さきほど》も世話になったばかり。断る理由など何処《どこ》にもなかった。

「あ〜あ、大変ねぇ、里見君」

「大家さん!?　他人事みたいに!?」

「他人事《ひとごと》だもーん。里見君はいつまでも彼女にしてくれないしぃ〜」

「ちゃんと聞いて下さい、コータロー様！　こっちを向いて下さい！」

「大家さんがアシスタントをしてくれるって言うから」

「ああっ、里見君っ!?」

「本当ですかぁっ!?」

もともと静香は日本料理の紹介《しょうかい》でナルファに協力している。だからナルファとしては静香の協力が得られるのは心強かった。孝太郎の記憶が曖昧な部分も、静香の料理の常識から正解を導《みちび》けるようになるからだ。だからナルファは今度は静香に歩み寄っていく。既にナルファの頭の中では静香の協力は欠かせないものとなっていた。

「うらぎりものー！　かいしょうなしー！」

「はいはい」

「話を聞いて下さい、シズカ様！」

「きゃー！」

　孝太郎はナルファを静香に任せ、自分は食事の提供に戻った。まだ晴海に提供しただけで、皿は沢山残っている。二千年前の世界で愛用していたナイフをくるりと回すと、孝太郎は切り分けた鶏を順番に皿へ盛り付けていった。

「うほっ、美味そうじゃのう」

「それでこっちは藍華《あいか》さん」

「ありがとうございます」

　そして皿を順番に渡していく時に、せっかちなティアに続いて三番目に皿を受け取った真希と目が合った。

「ナルファさんは、今のような里見君の手元も撮影したかったんじゃありませんかね？」

　真希はそう言って目を細める。真希はとても楽しそうだった。

「その機会は幾《いく》らでもあるよ。今日が最後じゃあるまいし」

「あは、確かに。でもそうか、撮影の度に里見君の料理が食べられるんですね？」

「そういう事になるかな」

「私も撮影が楽しみ――」

そうして真希がもう一度微笑《ほほえ》んだ、その時の事だった。

リィインリィイン
真希のポケットの中で鈴《すず》の音が繰り返し鳴った。

「あら……」

真希は受け取ったばかりの皿をちゃぶ台におくと、ポケットの中で鈴の音を鳴らしているものを引っ張り出す。それは宝石と電子機器を組み合わせた通信装置で、最近フォルサリアで普及《ふきゅう》し始めた魔法と科学を組み合わせた道具の一つだった。そして鈴の音は、宝石の明滅《めいめつ》に合わせて鳴っていた。

「……ナナさんからだわ」

電子機器の液晶《えきしよう》表示にはナナの名前が表示されている。真希が宝石に触れると明滅と鈴の音が止まり、代わりに空中にナナの姿が現れた。魔法の力で映し出した、ナナ本人の立体映像だった。

「こんばんは、ナナさ――――」

「真希さん！　採用よ採用っ！」

ナナにしては珍《めずら》しく、真希の声を遮《さえぎ》るようにして一方的に話を始めた。彼女の表情は笑顔で、声は興奮気味で大きかった。

「あれぇ………？」

その滅多《めった》に無いナナの様子を不思議に思ったゆりかが、目の前の鶏のローストから視線をナナに向けた時、彼女が興奮している理由が語られた。

「あなたレインボゥハートに採用されたのっ！　良かったわねぇっ！」

「採用……レインボゥハートに………？　この、私が………？」

フォルサリア魔法王国の正規軍、レインボゥハート。それは虹《にじ》の七色になぞらえた、七つの魔法兵団で構成されている。そのうちの一つ、青の兵団に真希の採用が決まった。それがナナが興奮している理由だった。

真希の再就職　七月九日(土)

　しばらく前、まだフォルトーゼが内戦に揺《ゆ》れている頃。ナナが真希《まき》に、レインボゥハートに入らないかと勧《すす》めた事があった。ナナの目には、その頃から既に真希は正しい道を行く魔法少女に見えていたのだ。だがその時の真希はナナが優しいから出た言葉だろうと思っていたし、その後の忙《いそが》しさで忘れていた。しかしナナはその事をちゃんと覚えていて、地球へ帰ってきた段階で真希の推薦状《すいせんじょう》をレインボゥハートに提出した。

　ナナがその事を忘れなかった事には理由がある。真希は孝太郎《こうたろう》の騎士団《きしだん》にいるおかげで社会的な地位については問題ない。特にフォルサリアとフォルトーゼとの交渉《こうしょう》が進んで、真希がフォルトーゼの国籍《こくせき》を取得すれば特にそうだった。しかし魔法の利用に関しては厳密には今も、そしてこれからも当分は私的利用の状態が続いてしまう。孝太郎の特権もフォルサリアに対しては無効なので、真希が孝太郎の為に魔法を使ったとしても私的利用に相当する。元ダークネスレインボゥの幹部達のように皇家に雇《やと》われてフォルトーゼに居る分には問題はないだろうが、真希の場合はフォルサリアの管轄《かんかつ》下のエリアで活動しているのでこの問題はどうしても無視出来ない。今のところは外交的配慮《はいりょ》で御目溢《おめこぼ》しして貰っているだけで、法的には常に問題があった。この問題の解消にはフォルサリアとフォルトーゼ双方《そうほう》の法改正が必要で、それまでの繋《つな》ぎにはどうしても真希のレインボゥハート所属が必要になる。その上で真希がゆりか同様に、孝太郎のところに出向する形を取れば、あらゆる問題がクリアになるのだった。

「藍華《あいか》さんがレインボゥハートの魔法少女に、か……俺としては藍華さんはもう悪い事に魔法を使う筈がないから、今更《いまさら》感があるけど」

そんな孝太郎の言葉が廃《はい》ビルの階段に木霊《こだま》する。孝太郎達は今、フォルサリアに向かっていた。フォルサリアに移動する為の魔法のゲートは、日本各地に点在している。この廃ビルにはその一つが設置されていた。

「里見《さとみ》君はそう言ってくれますけれど、普通は元ダークネスレインボゥって言えばフォルサリアの人間は怖《こわ》がるものなんですよ」

真希は孝太郎の隣で苦笑《くしょう》する。孝太郎が信じてくれているのは嬉《うれ》しいが、それはあくまで孝太郎と真希が共に歩んだからこそ。特に接点がなかった者達からすると真希は恐怖《きょうふ》の対象でしかないのだった。

「ダークネスレインボゥなぁ………あいつらも特に理由がなけりゃあ、悪事は働かないだろう？　それに幾らか俺のせいでもあるし………」

真希の言葉を聞いた孝太郎は、そんな事を思った。孝太郎はダークネスレインボゥの幹部達に対して特に悪い印象を持っていなかった。ヴァンダリオン達のような負けたら酷《ひど》い事になりそうな敵とは少し違《ちが》うように思っていたのだ。ダークネスレインボゥ、そしてエゥレクシスは倒《たお》してしまうのが望ましいのは確かなのだが、負けても国民が苦しむ国に変わるとは思えなかったから。

それにダークネスレインボゥの活動の根幹はフォルトーゼへの帰還《きかん》だ。そしてそうさせていたのは孝太郎が彼女らの祖先を過去のフォルトーゼから追放したから。だから孝太郎の立場では彼女らを一方的に悪と断じるのは難しかった。

「それも全ての事情を知っている里見君だから分かる事ですよ。普通の人達にとっては、私達はテロ組織なんです」

「そういうもんなのか。………しかしナナさん、それにしてはよくレインボゥハートが採用を認めてくれましたね？　その辺はどうだったんですか？」

孝太郎の視線が隣の真希の後方にいるナナへ向く。背が低い上に階段の何段か下に居たので、孝太郎から見えているのはナナの顔だけだ。そしてその顔は非常に明るい笑顔だった。

「真希さんは確かにダークネスレインボゥの幹部なのですが、代替わり直後で犯罪歴がなかった事が上手く働きました」

「ん？　どういう事ですか？」

孝太郎は首を傾《かし》げる。孝太郎は真希に犯罪歴がないという部分に引っ掛かっていた。ずっと真耶《まや》の弟子《でし》として活動していた筈なのだ。

「ダークネスレインボゥは幹部になると作戦行動は自主的なものですが、下部構成員は上からの命令に従うだけです。そして真希さんはダークネイビーに昇格《しょうかく》して幹部になった直後に里見さん達のところへ行っていますから、自分で作戦を立てて実行した事がなかったんです」

「ああ、そうか！　流石に個々の兵士の罪は問えないもんな！」

孝太郎にも分かってきた。真希には上から命令を受けて悪事に加担した事はあったのだが、自発的に悪事を働いた事が無かった。つまり真希には敵軍の兵士であった、という事以上の問題が無かったのだ。

「それでもダークネスレインボゥの幹部だったという点は問題になったんですが、真希さんがダークネスレインボゥを離《はな》れてからの功績からすると、中級魔術師《まじゅつし》くらいから始めるなら問題はないのではないかという結論になりました」

「そうだな。ずっと助けて貰いっ放しだもんな、俺達《おれたち》。それにゆりかも」

ダークネスレインボゥから離れて以降は、真希は孝太郎を助けてきた。結果的にそれはフォルサリアを守る事や、ダークネスレインボゥの勢力を削《そ》ぐ事に繋がった。またアークウィザードであるゆりかの手伝いでもあるので、度々《たびたび》報告書や公文書に真希の名前が挙がる事があった。敵としての記録はないが、味方としての記録は沢山ある。だがダークネスレインボゥの幹部ではあった。そうした事を差し引きすると、政治的な影響力《えいきょうりょく》はないものの、多くのバックアップが受けられる中級魔術師として採用、という結論に至ったのだった。

「だからわたしもぉ、ナナさんの推薦状に署名してるんですよぉ」

ナナの隣でゆりかが笑う。ゆりかはいつになく自慢げで、嬉しそうだった。やはりゆりかも真希の採用を喜んでいた。

「助けて貰ってる自覚はあったか」

「それもありますけどぉ、真希ちゃんはわたしの友達ですからぁ、良い所をたくさん知ってるんですぅ。真希ちゃんは魔法少女向きなんですよぅ」

「お前……」

この時のゆりかの笑顔を見た孝太郎は、胸の奥《おく》をきゅっと掴まれたかのような気持ちを味わっていた。ゆりかは日頃《ひごろ》助けて貰ってるとか、単に友達だから署名したという訳ではなく、良い所を沢山知っているから署名した。それは非常にゆりからしい、そして愛と勇気の魔法少女らしい答えだ。移動中でなかったら、孝太郎はゆりかの頭を撫《な》でていたかもしれなかった。

「ありがとう、ゆりか」

その代わりという訳ではないが、真希が礼を言った。ゆりかの言葉は、真希にとっても嬉しい事だった。単なる友達という縁故《えんこ》採用ではなく、真希の中身をきちんと評価しての言葉だったから。

「えへへへへぇ。でもでもぉ、立場が逆だったらぁ、真希ちゃんも署名してくれたでしょう?」

「そうね。きっと、そうしたと思うわ。私もゆりかの良い所を沢山知っているから」

「嬉しいけどぉ、ちょっと照《て》れ臭《くさ》いですぅ」

「私もよ。うふふふ……」

ゆりかと真希が笑い合う。二年前には対立していた二人なので、その様子は孝太郎の胸に迫るものがあった。ちょっと涙《なみだ》ぐみそうになった孝太郎だったが、幸いナナの言葉がそれを防いでくれた。

「ただもちろん、打算的な事情もあったりします」

「打算？　どんな事情ですか？」

「生まれついての才能の問題もありますから、優秀《ゆうしゅう》な魔法使いはなかなか現れません。それを逃《のが》したくないというのと、今はフォルトーゼ絡《がら》みの問題で慢性的《まんせいてき》な人手不足になってしまっていて……」

　魔法使いは『生まれつき魔力を持っている者』が『適切な訓練』を受けて誕生する。どちらが欠けても魔法使いは生まれない。例外は魔物のように呪文《じゅもん》によらず、魔力を身体能力や爪《つめ》の鋭《するど》さなどに変換《へんかん》出来る者で、この場合は『適切な訓練』は不要だが、より特別な『生まれつきの才能』を必要とする。その数は魔法使いよりもずっと少なく、レインボゥハートでも稀《まれ》な存在だった。どちらにせよ真希のような優秀な魔法使いは数が少なく、逃したくはないというのが本音だった。

　またフォルトーゼが真なる故郷であると判明した今、レインボゥハートは大忙《おおいそが》しとなっている。フォルサリア側からフォルトーゼ側に技術体系としての魔法が流出した場合、大変な問題が起こる。これを避《さ》ける為にこれまで以上の警戒が必要だった。加えて国論を三等分するような議論――フォルトーゼへの帰還か帰順か現状維持《いじ》か――の真っ最中でもある。このような状況《じょうきょう》では、元ダークネスレインボゥであっても、優秀な人材は登用して働いて貰う必要があった。

「なるほど、それはありそうな話ですね」

「この辺りの事情は公式には認めませんけれど。ふふふ……」

ナナは笑ったが、実はこの辺りの事はあまり笑い事ではなかった。優秀な魔法使い不足や元ダークネスレインボゥを積極的に登用しているという話は、フォルサリアの国民のレインボゥハートへの不信に繋がりかねない。これはやはり、孝太郎が相手だからこその笑い話。戦後処理と外交の難しさだった。

「それにしても……藍華さんがレインボゥハートに所属かぁ。遂《つい》にゆりかの立場がなくなるなぁ」

「別になくならないですよぅ～」

孝太郎の言葉にゆりかの頬《ほお》がぷっくりと膨《ふく》れる。あからさまに不満げな表情だが、その不満は薄々《うすうす》自覚があるからこその不満だった。

「藍華さんは正義の魔法少女、魔法の剣《けん》で戦い、使い魔の子猫《こねこ》を連れてる」

「うみゃあ～」

猫という単語に反応して、孝太郎の頭の上にいるごろすけが一声鳴く。最近急速に日本語を学習しているごろすけなので、自分が話題に上った事に気付いているのだ。ちなみにごろすけが孝太郎の頭の上にいるのは、大柄《おおがら》な男性で少女達《たち》よりも頭が大きく、ごろすけにとって一番居心地《いごこち》がいい頭だからだった。

「対するお前は借金持ちの化学戦エキスパート。勝負にならんだろう」

「ウッ」

フォルトーゼや大地の民の兵士達の間では、ゆりかは化学戦のエキスパートとして知られている。多くの化学物質を操《あやつ》り敵を翻弄《ほんろう》、しかも後遺症《こういしょう》や痕跡《こんせき》は全く残さない。多くの危機を覆《くつがえ》し、仲間の撤退《てったい》を助けたりと、戦場では大活躍《だいかつやく》。そんな訳でゆりかはキリハに次ぐレベルで尊敬されていた。化学戦エキスパートとして。

「……………ご、ごめんなさいね、ゆりかちゃん」

「ウッゥウッゥウッ………」

加えてゆりかが注目されるようになったのは、ナナがネフィルフォラン隊で活躍したからでもあった。ナナは通常兵器しか使っていないのに、まるで魔法のように戦果を上げていく。そんな彼女をネフィルフォラン隊の者達は魔法使いと称《しょう》した。それだけ見事な戦いぶりだったし、彼女が可愛らしかったからでもあった。おかげで彼《かれ》らはゆりかがナナの弟子だと知ると、誰もがこう思った。『ああ、魔法使いの弟子なら魔法使いだな』と。それがゆりかの化学戦エキスパートという評価を確固たるものとした。その為、彼らはゆりかと会う度に、新作の化学兵器をプレゼントしていく。自分達には使い道がなくても、ゆりかなら上手く使うだろうという絶大な信頼《しんらい》からの行動だった。

「でもまあ、孝太郎には好都合よね？　ゆりかの事は手元に置いておいて、ずっと見ていたいんでしょ？」

だがここで早苗《さなえ》が孝太郎の本音を暴露《ばくろ》してしまう。その直後、ゆりかの表情が百八十度変化した。

「ほんとですかぁ⁉」

ゆりかは目を輝かせ、とても嬉しそうに孝太郎に近付いていく。他の者ならスキップ混じりになりそうな雰囲気《ふんいき》だが、運動が苦手なゆりかは妙《みょう》なステップを踏《ふ》んでいるだけだった。

「そっ、そんな訳ないだろ！」

反対に困り始めたのは孝太郎だった。早苗は孝太郎といつも一緒なので霊力の親和性が極《きわ》めて高く、孝太郎の考えや感情に限ってはかなりのところまで読み取ってしまう。周囲の少女達はそれを知っているので、孝太郎がどう言い訳しようと、にやにや笑いながら見守っているのだった。

フォルサリア魔法王国の成立は数百年前に遡《さかのぼ》る。二発目の超時空反発弾《ちょうじくうだん》によって時空の狭間《はざま》に追放された段階で、マクスファーンを中心とする錬金術師《れんきんじゅつし》団と、グレバナス率いる宮廷《きゅうてい》魔術師団は、それぞれ別に虚無《きょむ》の空間を漂う事になった。これはお互《たが》いに持っている力の性質が違った為だ。虚無の空間で流れに逆らうのは魔法の方が得意だったのだ。また同じ理由から、流れ着いた先にも違いがあった。マクスファーンと錬金術師団は一万年前の日本へ。グレバナスと宮廷魔術師団は数百年前のフォルサリアへ。とはいえ本質的には同じだっただろう。制覇《せいは》を試みたフォルトーゼには、どちらも二度と、戻れはしなかったのだから。

一万年前の日本へ飛ばされたマクスファーンと錬金術師団は、何とか現地で生活する事が出来た。氷期が終わって植物が増えてきた時期であった事が大きな救いとなった格好だった。彼らは現地人と交流しながら独自の文明を作り上げ、最終的には大地の民の祖先となった。

問題はグレバナスと宮廷魔術師団の方だった。彼らが辿《たど》り着《つ》いた数百年前のフォルサリアは不毛の地だった。植物は少なく、風は冷たい。日の光も弱い。そんな場所で生き残る為には、魔法の力をフル活用しなければならなかった。幸いな事に、フォルサリアは魔力だけは豊富だった。それと同じ理由で、魔法が使えない者が淘汰《とうた》されていった。結果として遺伝的に魔法使いが生まれ易《やす》くなり、魔法至上主義に近い考え方が支配的となった。そうした特異な社会は暴走しがちだが、それを防いでいたのが青騎士《あおきし》によって追放されたという事実だった。魔法に頼って王位の簒奪《さんだつ》を企《くわだ》て、その結果追放されたという認識《にんしき》が、ぎりぎりのところで彼らに歯止めをかけた。そしてその歯止めが形となったのが、レインボゥハートという組織だった。彼らは二度と同じ過《あやま》ちを繰り返すまいと、国民に自制を求め、国王の居ない王国を作り上げていった。もちろん反発がなかった訳ではない。強大な魔法の力でフォルトーゼへ帰還しようと訴《うった》えた者達の反発が、ダークネスレインボゥ誕生の引き金となった。こうした経緯《けいい》であったので、この数百年間は社会が安定しているとは言い難《がた》かった。何とか国内をまとめようというレインボゥハートと、当初の目的を見失って変質したダークネスレインボゥが果てしない闘争《とうそう》を繰り広げてきた。その闘争が終わりを告げたのが、十ケ月前にフォルサリアで起こった両陣営による最終決戦だった。

「フォルサリアで戦いがあったのは、確か去年の九月じゃったか……随分《ずいぶん》昔のように感じるのう」

吉祥春風市《きつしょうはるかぜし》の廃ビルとフォルサリア魔法王国を繋ぐ転送ゲートを潜ったティアは、周辺の風景を見た瞬間にそんな事を思った。フォルサリアでの最終決戦から既《すで》に十ヶ月。ティアを囲む状況は目まぐるしい変化を起こし、フォルサリアに対する考え方も大きく変わった。今のティアにとってこの場所はフォルトーゼの民が住む遠隔地《えんかくち》。既に独立国家として成立して久しいので支配権を主張するつもりは欠片《かけら》もなかったが、もしフォルサリアの民がフォルトーゼへ帰還したいというのであれば、それが可能なようにしてやるのがフォルトーゼの責任であると考えている。この日もティアは、その為にゲートを潜った。真希のレインボゥハート採用の話と並行して、フォルトーゼとフォルサリアの会談が行われる予定となっていたのだ。

「あれ以降、色々な事が起こった。我もティア殿《どの》と似たような感慨《かんがい》がある」

「結局、全《すべ》て同胞《どうほう》であったという事じゃからのう」

この会談にはティアだけでなくキリハも呼ばれている。フォルサリアと大地の民の立場は殆《ほとん》ど同じで、更に言えばどちらも人口の少ない国家だ。足並みを揃《そろ》えるのは双方にとってプラスになるし、キリハ個人の優れた頭脳を借りたいという都合もあった。

「この寒々しい風景を、いずれ華《はな》やかにしたいものですわね」

「仰《おっしゃ》る通りです、クラン殿下《でんか》。経緯はどうあれ、ここもフォルトーゼの民が住む土地でございますれば」

更にクランとルースもこの会談に出席する予定だ。技術系のアドバイザーとしての参加になる。フォルサリアが魔法に頼り切りである状況が、魔法を使えない者への迫害《はくがい》に繋がっているのは誰もが知るところだ。徐々《じょじょ》に地球やフォルトーゼの技術を導入して住み易い環境《かんきょう》を整えていければ、やがて社会全体も安定していくだろう。同じ事は大地の民にとっても言える。今は日本だけでなく、フォルサリアと大地の民にとって、とても大事な時期なのだった。

「藍華さん達は魔法の国で就職活動、ティアちゃん達は宇宙規模の外交交渉。そして余った私達はみんなの護衛。なんだか私達だけ仕事が地味ですね、桜庭先輩《さくらばせんぱい》」

「あはは、その地味な仕事が一番大事なんですよ」

真希、ゆりか、ナナが就職活動。ティア、ルース、クラン、キリハが外交交渉。残った静香《しずか》と晴海《はるみ》、早苗と孝太郎は護衛としてついて来ている。護衛の数が足りないというのもあるのだが、孝太郎達は一ヶ所にまとまっている方が力を発揮する。敵の攻撃《こうげき》がいつあるか分からない状況では、この選択《せんたく》は必然だろう。

『地味だと言われているぞ、青騎士《あおきし》よ』

「実際地味ですからね」

「怪獣《かいじゅう》のおじちゃんが居ると知ったら、ここの人達はパニックになるんじゃない？」

『かもしれんな。出てみようか？』

「止《や》めておじ様！　悪ふざけで魔力を大量に浪費《ろうひ》しないで！」

『わかっているわかっている、ちょっとした冗談《じょうだん》だ』

「しょーがない、あとで静香に内緒《ないしょ》で美味《お》しい物食べに行こう？」

『うむ、そうしよう』

ただし早苗と、静香の中に潜《ひそ》むアルゥナイアに関しては、どちらかというと仕事よりもフォルサリアを見て回りたいという願望が強い。アニメの影響《えいきょう》で魔法の国は早苗の興味の的であり、アルゥナイアとしても二千年前の魔法の継承者《けいしょうしゃ》の国には興味があった。

「ナナさん、これでも魔法で守られた環境って事なんですよね？」

孝太郎は周囲を眺《なが》めながらナナにそう訊《たず》ねた。転送ゲートが設置されている場所は都市部からは離れた場所にあった。転送ゲートを出てすぐの場所は鬱蒼《うっそう》とした森の木々に囲まれている。だがそこから少し進むと街までは荒野《こうや》が続く。また、そのあたりは空気が多少薄《うす》いように感じられた。これで魔法で守られた環境だというのなら、宮廷魔術師団がやってきた直後のフォルサリアがどれだけ厳しいかは推《お》して知るべしだった。

「そうなんですけれど、街までは意図的に保護を手薄にしています」

「それはまたどうして？」

「この場所から敵が侵入《しんにゅう》してくる場合も想定しているので、迎《むか》え撃《う》つ時に敵が不利になるようにしてあるんです」

転送ゲートがある場所は、平時に物資の輸送などがしやすいように環境が整えられている。温度が高くなっていて、呼吸し易いように空気の密度も上げられている。荷物の載《の》せ替《か》えのような力仕事をするには必要な処置だ。周囲に木々が生《お》い茂《しげ》っているのはその影響だった。

だが転送ゲートから街までの道のりは、先程ルースやクランが言っていたように荒涼《こうりょう》とした風景が続いている。これは戦場になる事を想定して、あえて魔法による保護がされていない為だった。襲《おそ》ってきた敵は、寒かったり空気が薄かったり地面が荒《あ》れていたりという環境に苦しむ事になる。対する防御《ぼうぎょ》側、レインボゥハートにはそれらに対する十分な対策がある。なるべくコストをかけずに防御側を有利にする工夫《くふう》だった。

「御迎《おむか》えの車が来ていますからぁ、皆《みな》さん乗って下さぁい」

そんな時、ゆりかが迎えの車の列を見付けた。ゆりかは珍しく先導するようにしてそこへ向かう。ホームグラウンドの魔法の国という事で、ゆりかは張り切っていた。

「そういえばいつも迎えの車が来てくれてたよな。街までの保護が弱いからなのか」

「そういう事です。なんでしたらここから街まで歩きますか、里見さん？」

「御勘弁《ごかんべん》を。きついと知っていてわざわざやる気はありませんよ」

「あは、実は私達は訓練で走らされるんですよ、ここから街まで」

「うへ……魔法少女は大変なんだなぁ……」

　孝太郎達は迎えの車に乗り込み王都トルゼへ向かう。そこは虹の色に塗《ぬ》り分《わ》けられた七本の塔《とう》に囲まれた、フォルサリア最大の街。レインボゥハート――虹の中心――という名前の元になった、フォルサリアの中心地だった。

　フォルサリアの王都トルゼは日本の地方都市と同じくらいの規模を誇《ほこ》る。その周囲を虹の色に塗り分けられた七つの塔が囲んでいて、それらを高い城壁《じょうへき》が繋いでいる。七つの塔が発する魔力と高い城壁が、住民達をフォルサリアの過酷《かこく》な気候から守っているのだ。それらは光のドームと色とりどりの城壁というファンタジックな外見なので、一見しただけでは人の生死にかかわる重要な仕組みだとは分かり辛《づら》い。実際、静香や早苗は綺麗《きれい》な場所だという印象しか持っていなかった。

「本場の魔法の国は違うわねえ……この光のドーム、圧倒《あっとう》されちゃうわ……」

「静香、前来た時は慌《あわ》ただしかったから、色々見て回ろうよ！」

「そうねぇ、そうしましょっか！」

二人は車の窓の向こう側に広がる光景に目を奪《うば》われていた。日本にも魔法の国を謳《うた》ったテーマパークはあるが、これは規模が違うし本物だ。言葉には出さなくても、多くの少女達が似たような感想を持っていた。

「中身は普通《ふつう》の街なんですけれどね」

そんな少女達の中で、例外的な反応を見せているのがナナだった。ここで生まれ育ったナナなので、見慣れているし、中には普通の人間の生活が詰《つ》まっている事を知っている。反応が薄いのは当たり前だろう。

「それでも、海外旅行へ行った場合と同じ印象になるのでは」

ナナと同じくらい冷静なのが真希だ。彼女《かのじょ》にとってもこの街は生活の場。やはり輝《かがや》く光のドームも色とりどりの塔も、彼女の気持ちを動かす事はなかった。

「ああ、そうかもしれませんね……私も日本へ行ってすぐの頃は、色々と思うところはありましたから」

「私もそうです」

「やっぱりそうですよね。ふふふ」

今の二人にとっては、フォルサリアの風景よりは友達の方が重要だ。二人は一度軽く笑い合うと、お互いに初めて日本へ行った頃《ころ》の事を話し始めた。

「私が初めて日本へ行ったのは、今からもう十年以上前になるかな……まだ十歳《さい》の女の子だった」

「その十歳の女の子に、真耶《まや》様はきりきり舞《ま》いさせられていたんですよね」

「あの頃から真耶は他《ほか》の幹部達とは一味違っていたと思う。当時は一番警戒《けいかい》していた気がするわ」

「今はどうなんですか?」

「全然警戒していないわ。今の真耶なら、もう戦う必要はないと思うから」

真耶とエゥレクシスの生死は未《いま》だに分かっていない。だが真希もナナも、そこにはあえて触《ふ》れない。それをしたところで、誰《だれ》も得をしないのは明らかだから。

「それは嬉しい言葉です」

「レインボゥハートに採用されても安心だものね?」

「はい」

孝太郎達との戦いを通じて、ダークネスレインボゥの幹部達とエゥレクシスは少しずつ変わっていった。傍《そば》には仲間達が居ると、考えるようになったのだ。そんな彼女達となら戦わずに済むだろう、ナナも真希もそう思っている。そして目の前の人が同じように考えてくれているのは心強い事だった。

そうやって二人がしばらく昔話に興じていると、窓に張り付いていた早苗が二人の方を振《ふ》り返《かえ》った。

「真希、ナナ、見えて来たよ、ホラ！」

「改めてみると王宮……じゃないか、ええと行政庁舎？　も大きいのねぇ……」

街の門を抜《ぬ》け、市街地を同心円状に走る高速道路に乗ると、王都トルゼの中心にそびえ立つ二つの建物が見えてくる。それは正規軍レインボゥハートの司令本部、そしてフォルサリアの行政庁舎だった。前者は軍事組織の建物らしく角張った作りだが、後者は曲線を多用した優美な作りで、静香が王宮と呼んだのも良く分かるデザインだった。

「ねーナナー、なんで王様が居ないのに、王国なの？」

ここで早苗が至極《しごく》当たり前の疑問をナナにぶつける。

「私達の祖先は王様になろうとして追放されましたから、その戒《いまし》めです。今も国王はフォルトーゼの皇家であるという形にしてあるんです」

フォルサリア魔法王国では本来国王が担《にな》う行政を、長老会議が代行する形になっている。これはあくまで自分達はフォルトーゼの一部であるという形を守り、皇位の簒奪《さんだつ》を謀《はか》った事への戒めの為《ため》だった。結果的に組織体系はかつての王宮魔術師団の組織を拡大したものになっていた。

「じゃあ、ティアちゃんやクランさんが来てるのって、実は凄《すご》い事なのね」

「はい。これまでに何度か公式訪問がありましたが、その度にお祭り騒《さわ》ぎでした」

ティアとクランの訪問は、フォルサリア魔法王国に真の王族が戻《もど》ったという事。翻訳《ほんやく》の都合や言葉の変化で、皇家と王家という違いはあれど、その本質は同じ。待っていた者が現れた。フォルサリアの者達がお祭り騒ぎになるのも仕方のない事だろう。

「じゃあ、今回もバレたら大変なのね」

「そうですね、そうなると思いますよ」

ナナは楽しそうに目を細める。レインボゥハートとダークネスレインボゥの戦いに終止《しゅうし》符《ふ》が打たれ、しかもその助力をしてくれたのが真なる故郷・フォルトーゼの皇族。その訪問となれば、救世主の登場も同じ。ティアとクランの人気はフォルサリアでは不動のものとなっていた。

そんな状況であったから、孝太郎達を乗せた車列がフォルサリアの行政庁舎の前に辿り着いた時、大勢の警備兵が周囲をぐるりと取り囲んだ。

「またあとでのう〜〜〜」

「きゃ〜〜っ、これは何事ですのぉ〜〜〜!?」

「会談が終わり次第連絡《しだいれんらく》いたします!」

「カラマ、コラマ、お前達はそっちについていてやってくれ」

『了解《りょうかい》だホー!』

『姐《あね》さん、行ってらっしゃいだホ!』

「ナナさん、桜庭先輩、後は頼《たの》みます!」

そして警備兵達はティアとクラン、ルースとキリハ、孝太郎の五人をがっちりとガードしながら行政庁舎の中へと連れて行ってしまった。この五人には、フォルサリア・フォルトーゼ・大地の民の、三者会談が待っている。孝太郎は一見無関係に見えるが、実はフォルトーゼ皇国軍の最高司令官の地位にあるので必要な事だった。

「それじゃあ私達も行きましょうか」

「はいですぅ」

　残る六人に関しては、ナナが先導していく。この六人に関しては目的地が違う。この六人――ナナ、ゆりか、真希、早苗、静香、晴海――が向かうのは、曲線が多い行政庁舎の隣《となり》にある角張った建物、レインボゥハートの本部だった。

「前に来た場所とは別の場所なんですね」

　本部の前にやって来た時、晴海は僅《わず》かに足を止めてその建物を見上げる。以前やって来た時は、この場所ではなく外周にある青い塔の方に案内された。そんな晴海の隣で真希が足を止め、一緒《いっしょ》に建物を見上げる。

「ここはレインボゥハートの本部。虹を象徴《しょうちょう》する七色の塔に囲まれた中心の地。レインボゥハートという名前はこの場所が語源なんだとか」

　かつてはこの場所にも塔が立っていた。正確にはこの場所にあった塔が、最初の魔術師の塔だったのだ。そしてこの塔が初期のフォルサリアを過酷な環境から守っていた。やがてフォルサリアの発展と共に、その機能は新たに建てられた七つの塔へ移行。中央の塔は単純にレインボゥハート全体を統括《とうかつ》する司令部となった。そしてしばらく前に塔の老朽化《ろうきゅうか》が問題となり、近代的なビルに建て替えられた。言ってみればここはレインボゥハートの始まりの地だった。

「そしてレインボゥハートはグレバナス率いる宮廷魔術師団が元になっている……」

「そういえば、桜庭さんはそのあたりの事を詳《くわ》しくご存じでしたね」

「当事者の……アライアさんの記憶《きおく》を一部受《う》け継《つ》いでいますから」

晴海にとってもこの場所は特別な場所と言えた。今の晴海はアライアから記憶の一部を継承《けいしょう》しているので、何が起きてこの場所が出来上がったのかを良く知っている。世界を覆《おお》う運命という大きな力を感じずにはいられない瞬間《しゅんかん》だった。

「何してんのあんたたちー！　おいてくよー！」

そんな二人の事を、先を行く早苗が建物のエントランスの辺りから呼んでいた。どうやら二人は思ったよりも長く、この場所で建物を見上げていたようだった。

「行きましょうか、真希さん」

「はい。過去を顧《かえり》みている時ではありませんでしたね」

二人は軽く笑い合うと、小走りに早苗の方へ向かう。今重要なのは過去ではなく未来。真希がレインボゥハートに所属するという、未来だった。

軍事基地とはいっても行政庁舎の隣にあるので、その機能はやはり国としての軍隊の窓口であり、お役所的な雰囲気を持った場所だった。またフォルサリアという特殊《とくしゅ》な環境ゆえに民間向けの窓口も少なくない。魔物が出現した時に討伐《とうばつ》を要請《ようせい》する為の窓口や、単純に魔力を帯びた子供が生まれた場合の登録窓口、魔法犯罪や事故などを届け出る窓口、そしてレインボゥハートへの入隊窓口、といったものだ。軍隊としての役割と、地球なら警察がやるような仕事の一部が、レインボゥハートの役割なのだった。

「真希さんは入隊窓口よ」

ナナはエントランスホールにある案内所で、自分達の目的地を教えて貰《もら》ってきた。先日送られてきた案内状を係員に見せると、すぐに行き先を教えて貰う事が出来た。話はきちっと通っているようだった。

「採用担当者がすぐに来てくれるそうだから、あまり待たされないと思うわ」

「分かりました、ありがとうございます」

大まかな説明をした後、ナナは案内状を真希に手渡《てわた》す。その案内状を入隊窓口に提出すれば手続きが始まる筈《はず》だった。

「それとね、ゆりかちゃん」

「は、はい？」

ぼんやり周囲を見回していたゆりかは、少々驚《おどろ》いていた。これまで公式には真希はゆりかの監視《かんし》下にあったが、この建物に入った段階からそうではなくなった。今の真希はナナが後見人を務める入隊希望者に変わったので、厳密に言うとゆりかの役目はこれで終わりだった。ナナから声がかかるとは思っていなかったので、少々面食《めんく》らってしまったゆりかだった。

「あなたに書類を預かってきたわ」

「書類……ですかぁ？」

ゆりかは真希の隣で、同じようにナナから書類が入った封筒《ふうとう》を受け取った。ゆりかは以前からこの手の書類で酷い目に遭《あ》ってきたので、悪い予感しかしない。ゆりかは怪訝《けげん》そうな顔で書類が入った封筒を見た。

〝青の魔術師団所属アークウィザード　虹野《にじの》ゆりか　殿《どの》〟

宛名《あてな》はゆりかで間違《まちが》いなかった。各魔術師団にアークウィザードは一人ずつ。間違いなくゆりか宛《あ》ての書類だった。ゆりかはなおも怪訝そうに、封筒を開封する。そして最初に出てきた書類には、驚くべき文言が記されていた。

発：レインボゥハート財務部出納係《すいとうがかり》
宛：青の魔術師団所属アークウィザード　虹野ゆりか　殿

日頃のご活躍は聞《き》き及《およ》んでおります。アークウィザードの名に恥《は》じぬ立派な働きであると存じます。今後のより一層のご活躍を期待しております。今回はそこに一つ花を添《そ》えるご報告がありまして、この案内を差し上げました。

おめでとうございます。

先月三十日の支払《しはら》いをもって、虹野様の債務《さいむ》が完済された事をご報告致《いた》します。これは予定よりも五十八ヶ月早いのですが、虹野様が日本へ派遣《はけん》された後の各種手当や賞与《しょうよ》が合算された結果、債務が完済される運びとなりました。つきましては今後の資産運用と併《あわ》せてご相談したい事がございます。お手隙《てすき》の際に、一度財務部に足をお運び頂ければと思います。

一枚目の書類を読み終えた瞬間、ゆりかの顔は血の気が失《う》せ、蒼白《そうはく》となった。

「……えっ？　ええっ、ええええっ⁉」

それはゆりかにとって予想外の出来事だった。そして今のゆりかの生活を一変させてしまう、驚くべき出来事だった。

実はゆりかには高額の借金があった。アークウィザードになった直後に、プライベートで魔法を暴走させて施設《しせつ》を破壊《はかい》した事があったのだ。フォルサリアにも保険があり、勤務時の魔法の暴走は保険の対象なのだが、流石《さすが》にプライベートは免責事項《めんせきじこう》に相当し、破壊してしまった施設の再建築費用が丸ごとゆりかの借金になってしまった。その返済は給料から天引きされていて、そのせいでゆりかは今日まで貧乏《びんぼう》暮らしをしてきた。予定では貧乏暮らしは今後五年程《ほど》続く筈だった。

それを一変させたのが、一〇六号室へ派遣された事だった。危険手当、時間外労働手当といった諸手当はもちろんの事、強大な敵を倒《たお》した時には高額の賞与が出た。またフォルトーゼへ向かった事で真なる故郷を発見したり、皇族を救ったりと、高額の賞与の対象となる出来事が目白押《めじろお》しで、予定を大幅《おおはば》に短縮して返済が完了《かんりょう》したのだった。

「どうしたのゆりかちゃん？」

「ゆりか？」

すぐ近くにいたナナと真希が、ゆりかが握《にぎ》り締《し》めている書類を覗《のぞ》き込む。すると途端《とたん》に二人の顔は笑顔《えがお》に変わった。

「やったじゃない、ゆりかちゃん！」

「おめでとうっ、ゆりかっ！　これで生活が楽になるわね！　漫画《まんが》も沢山《たくさん》買えるんじゃない!?」

友達のゆりかが、借金を完済した。二人にとってそれは、とても素晴《すば》らしい出来事だった。二人は我《わ》が事のように喜んでいた。

「何の騒ぎ？」

「どうしたのっ!?」

「何かあったんですか？」

ナナと真希の様子に気付き、残る三人——早苗と静香、晴海——が近付いてくる。

ナナと真希が笑顔だったので、三人は何かに期待するかのような表情をしていた。

「なんと、ゆりかちゃんの借金が完済したの！」

「一〇六号室に派遣された後の手当や賞与が凄かったらしくて！」

「やったじゃない、ゆりかちゃん！」

「おめでとうございます、これで美味しいものが沢山食べられますね！」

静香と晴海は素直《すなお》に祝福した。だが、早苗は少し違《ちが》った。

「……あんた、嬉《うれ》しくないの？」

早苗は瞬《まばた》きを繰《く》り返しながら首を傾《かし》げた。ゆりかからは喜びの霊波《れいは》が出ていない。むしろその反対で、落胆《らくたん》や悲しみの霊波が溢《あふ》れ出《だ》していた。その直後の事だった。

ビリッ
ゆりかは手の中にあった封筒と書類を破ってしまった。

「ちょ、ちょっとゆりかっ、駄目《だめ》よそんな事しちゃ!!」

「ゆりかちゃんっ⁉」

反射的に早苗とナナが悲鳴をあげる。だがゆりかは聞く耳を持たず、封筒と書類を繰り返し破って細かな紙片《しへん》にしてしまうと、最後は丁寧《ていねい》に火炎《かえん》の魔法で焼却《しょうきゃく》してしまった。残ったのはほんの僅かな灰だけだった。

「どうしてこんな事を――って、あっ……」

一旦《いったん》はゆりかに詰め寄ったナナだったが、そこで気が付いた。この時、ゆりかの目には涙が滲《にじ》んでいた。

「……私、もう少しだけ、駄目な子で居たいんです……せめて、吉祥春風《きつしようはるかぜ》高校を卒業するまでは……」

ゆりかは今の生活が変わってしまう事を恐《おそ》れていた。押《お》し入《い》れでの生活は狭《せま》くて不便だけれど、すぐ傍に孝太郎や他の少女達がいる。そんな生活をゆりかは愛していたのだ。借金が消えて収入が増えれば漫画やアニメのグッズが山のように買えるのかもしれないが、それらが今の生活を手放す理由にはならなかった。

「ゆりか……」

真希にはゆりかの気持ちが痛いほど良く分かった。真希も新しい生き方に踏み出す時には、自分と孝太郎の関係の変化を恐れた。それを乗《の》り越《こ》えて踏み出すには、大きな勇気が必要だった。それにゆりかの場合、真希の時とは違って、今のままを続けても誰も不幸になる事はない。だから真希はゆりかを批判する気にはなれなかった。

「里見君はゆりかさんがお金持ちになっても、押し入れから出ていけなんて言わないと思いますよ。大学に入ってからだって、きっとそうでしょう」

晴海には確信があった。孝太郎がゆりかに出て行けなどと言う筈がないと。ゆりかの気持ちは届いていると、信じていたのだ。

「……でも……だからこそ、もう少しだけ……もう少しだけ……あの人の駄目な子で居たいんです……」

「いーんじゃない、それで。あたしやティアはそーだし」

早苗はあっけらかんとそう言ってのけた。早苗は地元の名士の娘《むすめ》なので、生活には全く困っていない。むしろ裕福《ゆうふく》と言える。だがそれでも早苗は、幽霊《ゆうれい》時代と殆ど変わらない額のおこづかいを孝太郎から貰い続けている。その金額は些細《ささい》なものだが、早苗はそのやりとりがたまらなく好きだった。そして孝太郎も止めようとは言わない。

同じ事はティアが孝太郎に渡《わた》している俸給《ほうきゅう》についても言えた。フォルトーゼは孝太郎に莫大《ばくだい》な借金があるので、ティアの俸給には殆ど意味がない。しかしそれでも俸給は続けられている。だとしたら、ゆりかにも同じ事が起こる筈だった。

「本当に、そうでしょうか……？」

「うん。むしろ何で駄目だって思うの？　孝太郎はそんな薄情《はくじょう》じゃないし、強くも無いんだよ」

「……早苗ちゃんは里見さんの事が良く分かっているんですね？」

「あんただって本当は分かってるでしょ。あんたの一番駄目なトコはね、必要以上に自分の事を下に見てるコトだと思う」

「必要以上に……」

それはゆりかにはない発想だった。勉強も運動も出来ないゆりかだったから、普通に生活していると自然と自分は駄目な奴《やつ》だという発想になってしまう。けれど早苗はそうではないという。ゆりかには十分な価値があり、孝太郎に必要とされている。ゆりかはすぐにはそれを信じる事は出来なかったが、嘘《うそ》だと断じる事も出来なかった。ゆりかの額にも剣《けん》の紋章《もんしょう》は刻まれていたから。

「……私も、早苗ちゃんを見習ってみます」

少しずつでも、自分の価値を信じてみよう――ゆりかはそう決めた。根拠《こんきょ》はなかったが、友達がゆりかには価値があると言ってくれた。だとしたら大好きな人にとってもそうかもしれない、そんな風に思ったのだ。

「そうっ、根拠のない自信こそ、魔法少女の基本！」

「はいっ」

早苗のおかげで、ゆりかは元気を取り戻す事が出来た。だがそれにはやはり多少の時間がかかってしまい、ゆりか達が本来の目的に立ち戻ったのは十数分後の事だった。

入隊窓口での基本的な手続きを終えると、真希は採用に向けた最後の手続きに向かう事になった。それは採用された場合に上司となる人間による、最終面接だった。

「御無沙汰《ごぶさた》しております、華江良《かえら》様！」

「やっと顔を見せに来てくれましたね、ナナ」

「しばらくフォルトーゼに居たもので……御元気《おげんき》そうでなによりです」

「私の方も、あなたの活躍《かつやく》が再び耳に入るようになって嬉しく思っていますよ」

「ありがとうございます！」

ナナとゆりかが所属している青の魔術師《まじゅつし》団。その本拠地《ほんきょち》は青い構造材で作られた高い塔で、ブルータワーと呼ばれている。その最上階にある執務《しつむ》室《しつ》に、一人の老婦人が居た。名前は華江良。青の魔術師団の司令官で、長老会議のメンバーの一人。フォルサリアを動かす文官の頂点であり、ナナとゆりかが頭が上がらない唯一《ゆいいつ》の人物だった。非常に物腰《ものごし》が穏《おだ》やかで、しかし目の光には衰《おとろ》えはない。その重責を力強く全《まっと》うする人物だった。

「華江良様、虹野ゆりか、入隊希望者の藍華真希さんをお連れしました！」

実際ゆりかはいつになくしっかりした喋《しゃべ》り方《かた》と姿勢をしており、尊敬しつつも緊張《きんちょう》している様子が窺《うかが》える。ナナはその反対で、多少甘《あま》えるような言動が見えた。これに関してはナナは華江良と十数年間付き合いがあるので、当たり前かもしれなかった。

「ご苦労様でした、レインボゥ」

「はいっ！」

「そして……あなたが藍華真希さんね？」

華江良は視線をゆりかから真希へ移した。その瞳《ひとみ》は優《やさ》しかったが、奥《おく》に強い輝きを秘《ひ》めている。だから真希は一度心の中で気合いを入れ直してから答えた。

「はい。所属は……ありません。今は、ただの藍華真希です」

真希は厳密にはサトミ騎士団《きしだん》所属という事になるだろう。だがここで問題になっているのは、真希がかつてダークネスレインボゥの幹部であったという事。そして示すべきは真希がダークネスレインボゥから離《はな》れたという明確な意思だった。

「あなたは……資料通りの方のようね。どうぞ、座《すわ》って下さい」

華江良は仕事に使っている木製のデスクから立ち上がると、真希に応接セットを指し示す。面接はそこで行うようだった。

「は、はい、ありがとうございます」

真希は恐縮《きょうしゅく》しながら勧《すす》められるままにソファーに座った。実のところ、真希はこの場所で糾弾《きゅうだん》される事も覚悟《かくご》していた。レインボゥハートの設立の経緯からすれば、他人の罪を必要以上に叩《たた》かない意味は分かる。フォルサリア自体が罪の中から生まれた国なのだ。実際、華江良も歓迎《かんげい》の意思を見せてくれていた。だが華江良もまた、かつてはダークネスレインボゥと戦う戦士だった。恐らくその中で多くの仲間を失っている筈だ。華江良はそれでなお真希を糾弾せず、笑顔を見せている。それは華江良がとても強く、厳しい人間である証《あかし》だろう。だからもし真希がレインボゥハートに相応《ふさわ》しくない言動をすれば、華江良は迷わず不採用とするだろう。真希はそんな気がしていた。

「ナナ、ゆりか、他の皆さんと隣の部屋へ」

「えっ？　ああ、そうですね。行きましょう、ゆりかちゃん」

「どういうことですかぁ？」

「採用面接は二人でやるって事よ。真希さんも華江良様も、私達《たち》が一緒じゃやりにくいでしょう？」

「そういうことですかぁ。真希ちゃん頑張《がんば》って下さいねぇ！」

「ありがとう、ゆりか」

少女達は真希と華江良を残し、執務室を後にした。採用されるかどうかは、真希一人で乗り越えねばならない問題だった。華江良はその間に紅茶の用意を済ませ、真希がいる応接セットに向かっていった。

「さてと……そろそろ本題に入りましょうか」

執務室に二人だけになったおかげで、華江良の声がより明確に聞こえるようになってい
た。華江良は真希と向かい合うようにして座ると、お互《たが》いの前に紅茶のカップを置く。そ
してあらかじめそこに用意してあった資料のファイルを手に取った。

「一応、手順だから確認《かくにん》させて下さい。お名前と年齢《ねんれい》を」

華江良はファイルの内容を上から順番に確認していく。組織に所属させようとしている
訳なので、いかにアークメイジの友達だろうと、身分確認は必須《ひっす》の手順だった。

「藍華真希です。正確な年齢は分かりません。多分、十八歳ぐらいだと思います」

「年齢が分からない理由は？」

「………幼い頃に、奴隷《どれい》商人に売られた為です」

真希の声のトーンが僅かに落ちる。

「ごめんなさいね、言いにくい事を言わせてしまって」

「いえ………仕方ない事ですし」

生年月日がはっきりしない真希なので、本人しか知り得ない情報で確認を取らざるを得
ない。だが問われた理由が正当なものであっても、落ち込まざるを得ない質問だった。

「もう少し辛い話が続くから、あらかじめ謝《あやま》っておくわね。ごめんなさい」

「謝って頂く必要はありません。今は友達も、愛してくれる人もいますから」

それから真希はしばらく、華江良の言葉に従って自分の生い立ちを話していった。奴隷商人のひどい仕打ちや、そこから逃《に》げ出そうとして友達に裏切られた話など、華江良が言っていた通り辛い話は多かった。だが真希はそこから目を背《そむ》けず、全《すべ》てを包《つつ》み隠《かく》さず話していった。

「……ありがとう、真希さん。手元の資料とあなたの話は一致《いっち》しています。完全ではないのですが、通常はこの程度の僅かな差はあるものです。おっと、人の記憶については、あなたの方が詳しかったですね？」

「はい……」

真希は無事に自分の過去を話し終えた。今までは孝太郎にしか話していない事も少なくはなかった。奴隷商人に報復しに行った話などがそうだ。だが真希はそういう事こそ、隠してはいけないような気がしていた。だからだろうか、話が終わった時に、真希はほんの少しだけ安堵《あんど》していた。心のどこかに孝太郎以外にも知って欲《ほ》しいという願望があったのかもしれない――真希はそんな風に感じていた。

「さて……既《すで》にあなたの能力と実績については確認は取れていますから、通常の試験は免除《めんじょ》となります。あとはあなたの志望動機の確認が必要です。あなたは何故《なぜ》、レインボゥハートに志願を？」

それが華江良の最後の質問だった。表面上の理由はナナが応募《おうぼ》したから、という事になるだろう。だが華江良が訊《き》いているのはそういう事ではなく、真希がこの場へやってきた理由の方だった。そして真希にはその確固とした理由があった。だから真希は、胸を張って答えた。

「守りたい人がいます。手を取り合う仲間がいます。その人達を守るには、この世界を出来るだけ平和に保たねばなりません。戦いに向いた人達では、ありませんから」

孝太郎や少女達は、戦いの場に身を置きつつも、精神的にはごく普通の少年少女だ。戻るべき平穏《へいおん》な暮らしがある。真希はそれを守りたかった。それが真希の望む未来だった。

そしてその逆に、過去への後悔《こうかい》もあった。

「救えなかった恩人が居ます。自分の過去への後悔もあります。この選択《せんたく》が新たなそうした不幸を防げるかどうかは、正直分かりません。でも膝《ひざ》を抱《かか》えて座っているよりは、ずっと良いと思うから………」

真耶は真希の命の恩人だった。真耶が邪悪《じゃあく》な事に手を染めていても、真希がその片棒を担《かつ》がされていたとしても、命の恩人だという事は変わらない。生死不明の真耶を、真希はずっと心配していた。そしてかつての自分の罪を後悔していた。真耶を救えなかった代わりに、かつての罪を償《つぐな》う為に、真希には戦う理由があった。

「だから私は、レインボゥハートへの入隊を希望致します」

未来を守り、過去の後悔を晴らす為に――そんな二つの理由から、真希は入隊を希望しているのだった。

「ふふ」

真希の言葉を最後まで聞き終えた華江良は、小さく笑いを零《こぼ》した。

「……？」

真希がその意味を量りかねていると、華江良はその理由を話してくれた。

「ごめんなさい、笑ったりして。ナナが言っていた通りだからおかしくて……」

「ナナさん、が……？」

「ええ。ナナは推薦状《すいせんじょう》にこう書いていたの。『もしレインボゥハートがこの鮮《あざ》やかな虹を逃《のが》すようなら、私は新しいレインボゥハートを作る』って」

その言葉はナナが推薦状の最後に記したものだった。真希は魔法少女としての正しい心を備えているから、絶対に採用して欲しい。それが出来ないようならナナはレインボゥハートを抜けて、真希と一緒に世界を守る。それはナナが自分の進退をかけて、真希の事を強く推薦する言葉だった。

「ナナさんがそんな事を……」

「ええ、似たような事はゆりかも書いていましたよ」

驚いた様子の真希の前に、推薦状が差し出される。大半はナナの綺麗な文字だったが、その最後の部分には丸っこい文字が書き加えられている。ゆりかが署名の隣に書いたコメントだった。

『真希ちゃんはとても強い正義と愛を持っています。私も絶対に綺麗な虹になれると思います』

その短い文章から、真希は強い友情を感じ取った。思わず涙《なみだ》ぐんでしまうくらいに。

「二人には後でよくお礼を言っておくのですよ？」

「えっ？」

続く華江良の言葉を聞いて、手紙を見ていた真希は慌てた様子で顔を上げた。華江良の言葉が意味するのは、真希を採用するという事だったから。

「何を驚いているのですか？　採用ですよ、真希さん」

華江良は何でもない事だと言わんばかりに笑っていた。

「でも……」

しかし真希の方は何でもない事だとは思えなかった。

「……私を採用する事に、反対は無かったのですか？」

「ありましたよ。他ならぬ私自身も、多少の不安はありました」

「だったら――――」

「それでも仕方がないでしょう？　実物を見たら、本当に色鮮《いろあざ》やかな虹だったのですから。ナナとゆりかが、言っていた通りに……」

真希は自分の過去から逃げなかった。全てを明かした上で、未来の為にレインボゥハートへ志願した。そしてそれが狭き門である事を理解していた。実際、真希があっさり採用された事に疑問を抱《いだ》いているのがその証拠《しょうこ》だろう。

だがそういう真希の姿こそが、真に必要な資質だった。魔力の強さでも、戦闘《せんとう》の強さでもない。必要なのは心の強さ。華江良はこの短いやり取りの中で、真希にそれが備わっていると感じ取ったのだ。

「ブルータワーの華江良は変わり者が好きだ――――そんな風に言われていますが、今回に限ってはそれが理由ではありませんよ」

いくら天才と名高いナナが推《お》していたとはいえ、かつてゆりかをアークウィザードにするという話が出た時にはゆりかの圧倒的《あっとうてき》な才能を目《ま》の当《あ》たりにしてもなお、少なからず反発はあった。それを自分が責任を取ると言って通したのが他ならぬ華江良だった。華江良には以前からそういう博打《ばくち》じみた人事を行う事が少なくなかった。しかし今回は違う。本当に真希を逃すのは損失だと思っていたのだ。

「とはいえ……これで納得《なっとく》するのは私だけでしょうから、レインボゥハートという組織として、あなたにお願いしたい事があります」

「むしろそういう条件があってホッとしています」

華江良はこの日の面接で納得した。だがレインボゥハートという組織が納得したとは言い難かった。そこで真希は、正式採用となる前に一つ課題を与《あた》えられる事になったのだった。

真希が与えられた課題は、ちょっとした任務だった。これにより任務の遂行《すいこう》能力や、現場での判断能力、任務への忠実さや指揮能力など、真希がレインボゥハートとしてやっていけるかどうか確かめようというのだ。簡単に言うと仮採用から本採用への、実地試験といったところだった。

「それで藍華さんの初任務はどんな事だったんだい？」

この頃《ころ》になると孝太郎が真希達のところへ帰って来ていた。孝太郎はフォルトーゼ皇国軍の最高責任者ではあるが、現時点では軍事レベルでは細かな交渉《こうしょう》は必要ない。それにその手の交渉事はルースやティアの方が得意なので、孝太郎はフォルサリア側の代表者との挨拶《あいさつ》や大まかな枠組《わくぐ》みの話が済んだ段階で会議を抜け、真希の手伝いをしに戻って来ていたのだった。

ちなみに孝太郎と入れ替《か》わるようにしてナナとゆりか、華江良の三人が会議に参加している。しばらくフォルトーゼにいたナナ、アークウィザードで多くの問題に絡《から》んでいるゆりか、そして長老会議のメンバーである華江良は細かな議論の方に必要な面々だった。そんな訳でこの場所には孝太郎と真希、早苗と静香、晴海の五人の姿があった。

「最近、住宅街の方で行方《ゆくえ》不明者が出ているそうなんです。その行方を調べて欲しいというものでした」

「いきなり重大事件なんだな」

「正確には、まだ行方不明事件とは限らないみたいです。調べて特に問題が無ければ、その報告をしてお終《しま》いです」

日本では年間数万人の行方不明者が出る。フォルサリアにおいてもそれは同じで、しかも今はレインボゥハートとダークネスレインボゥの決着が付いた事で人の行き来が激しくなっている。単純な引っ越しは元より、再開発の出稼《でかせ》ぎなどで、人間が登録された地域から離れている例が多く見られるのだ。真希に与えられた任務はその見極《みきわ》めをする事だ。そして事件性があれば追跡《ついせき》をするし、なければ報告して終了《しゅうりょう》となる。

「事件性があるのに早々に任務を切り上げてしまえば後々問題になるし、事件性がないのに時間をかければ任務遂行能力に疑問符《ぎもんふ》が付く。必要な事を必要な仕事量で効率よくこなせるかどうか、多分そういう事を見る試験なのではないでしょうか」

晴海は真希の任務をそう解釈《かいしゃく》していた。任務の指示はシンプルだが、見た目ほど簡単ではない。そして恐らく採点の為の人員が後をついて来ている筈だ。これは真希の入隊を長老会議のメンバー全員に納得させる為の任務。華江良はナナやゆりかの報告だけで信じる事が出来るが、他《ほか》の者は違う――晴海はそう考えていた。

「桜庭先輩《せんぱい》が言う通りなら、油断してると藍華さんの足を引っ張りそうだな。気合い入れていくぞ、早苗。このメンバーだと俺《おれ》とお前が一番危ない」

ここにいるのは孝太郎と真希、早苗と静香、そして晴海だ。孝太郎と早苗以外はしっかり者なので、真希の足を引っ張る心配はなかった。

「あいあい。あたし真希の就職は応援《おうえん》してるから、ちゃんとやる」

「ありがとう、東本願《ひがしほんがん》さん」

早苗の力強い言葉に、真希は嬉しくなって笑顔を覗かせた。今の自分には応援してくれる人達が居る。そしてそれを信じられる自分自身が、嬉しかった。

「真希が就職に失敗して魔法使っちゃ駄目になったら、あたしの背中を預ける相棒が居なくなるでしょ。あたしが魔法少女として活躍するには真希が必要なのです」

「随分《ずいぶん》目的が明確な応援だなあオイ」

「えへへ、その分だけ信頼性《しんらいせい》は高いよ」

「胸を張って言うような事か」

「えへへへへ〜〜」

　理由は実に早苗らしいものだったが、裏を返せば真希を仲間だと信じていて命を預けられるという意味でもある。

「……………ふふ」

　だから真希の笑顔が消える事は無く、むしろ明るくなっていた。


　行方不明者がいる、そういう通報が複数あったからレインボゥハートは動き始めた。そしてその任務が真希に回ってきた訳だ。そこで真希は素直に、その通報者に話を聞きに行く事から始めた。通報者に話を聞くのは捜査《そうさ》の基本中の基本と言えるだろう。

「お時間を取らせてしまって申し訳ありません。差《さ》し支《つか》えなかったら、通報内容をもう一度確認《かくにん》させて頂きたいのですが」

「はい……実はうちの教会では、毎日炊《た》き出しをやっているのですが、先週から急に来なくなった人達が居まして……」

真希が最初に向かったのは、ブルータワーの近くにある教会だった。フォルサリアの宗教はフォルトーゼのそれと似ている。元が同じものなのだから当然だろう。その中で最も一般的《いっぱんてき》なのは太陽の女神《めがみ》をあがめる教会だった。だから教会にはそこかしこに太陽のマークがあしらわれている。そして同じマークをあしらった法衣《ほうい》を身に着けた女性司祭が、行方不明者がいると通報してきた者の一人だった。

「それはどんな方達なのですか？」

「来なくなったのは二人で、一人は大柄《おおがら》な十四歳《さい》の男の子、もう一人はボランティアで手伝って下さっていた二十《はたち》歳過ぎの男性です」

真希に求められるままに、女性司祭は順を追って事情を話してくれた。この教会では経済状況《じょうきょう》が悪い人々の為《ため》に、無料で食事を提供する慈善《じぜん》事業を行っていた。そこには多くの貧しい人達や、ボランティアの人々の姿がある。長く続けている慈善事業だったので、多くの人々が既に顔見知りであり、姿が見えない時には――特に老人の場合は――自宅まで様子を見に行くような強い繋《つな》がりが出来上がっていた。姿が見えなくなったのはそのうちの二人だった。男の子の方は幼い頃《ころ》からの馴染《なじ》みで、男性の方も数年前から手伝ってくれていた。二人は時折姿を見せない日はあったものの、こんなに長く姿を見せないのは初めての事だった。自宅を見に行っても帰っている様子はなく、心配になった女性司祭はレインボゥハートに通報する事に決めたのだった。

「ありがとうございました。姿の見えないお二人について、何か気付いた事はありませんか？」

「いえ、特には……強《し》いて言うなら、姿を消す前の日も普段《ふだん》通りだった、というくらいでしょうか……」

「普段通り……分かりました、こちらで調べてみます」

「よろしくお願いします」

深々と頭を下げる女性司祭に見送られ、真希は孝太郎達《たち》のところへ戻《もど》ってきた。孝太郎達はこの時の真希と通報者との会話に口を挟《はさ》んでいない。一応真希に与えられた任務なので、孝太郎達は求められた時にだけ彼女《かのじょ》に協力する事にしていたからだ。孝太郎達が真希の部下になったと考えると、分かり易《やす》いだろう。

「どうだったの、藍華さん？」

神妙《しんみょう》な顔つきで戻ってきた真希が心配になり、静香が声をかけた。すると真希は素直に教会での出来事を話した。教会と行方不明になった二人の関係、そして姿が見えなくなってからの事など、女性司祭が話してくれた事を順序良く話していった。

「じゃあ、まだ事件なのかどうかは分かっていない感じなのね」

事情を聞かされた静香は少し安堵する。真希の様子から重大事件ではないかと心配していたのだ。幸い、真希はただ考え込んでいただけのようだった。

「はい。でもまだ一ヶ所目ですから、気にせず進めようと思います」

「そうね、捜査は足でって言うもんね」

この場所では手掛《てが》かりが得られなかったが、真希は気にした様子はなかった。捜査はまだ始まったばかり。真希は気を取り直すと、第二の通報者が住んでいる場所へ向かって歩き始めた。


行方不明者の通報者は多かったが、真希はなかなか決定的な情報が得られずにいた。だがこれまでの通報者の証言から、行方不明事件そのものは起こっているのではないか、という気配は感じていた。真希がそう考えたのは、殆《ほとん》どの行方不明者が最後に目撃《もくげき》された時に普段通りだったからだ。借金があったとか、誰《だれ》かとトラブルになったとか、そういう話が出て来なかったのだ。そんな真希が気になる情報に遭遇《そうぐう》したのは、十三人目の通報者を訪ねた時の事だった。

「労働者の募集《ぼしゅう》?」

「ああ。力仕事の働き手が足りないから、探しているって話だった。報酬《ほうしゅう》も悪くなかったから俺も行きたかったんだが……ホラ、俺は足がこんなだから行けなかったんだ」

十三人目の通報者は中年の男性で、しばらく前から友人が帰らないという話だった。真希が注目したのは、その友人を最後に目撃した時の事。通報者とその友人は比較的《ひかくてき》上品な身なりの男性から仕事の勧誘《かんゆう》を受けたのだという。通報者は足に怪我《けが》をして治療《ちりょう》中だったので行けなかったが、友人はその仕事を引き受け、身なりの良い男性と共に姿を消したらしい。そしてそれ以来、友人の姿を見ていないという話だった。

「御友人《ごゆうじん》の名前と特徴《とくちょう》を教えて頂けますか?」

「名前は賀留斗《かると》。体格がいい、髭面《ひげづら》の野郎《やろう》だ」

「体格がいい……」

真希はそこで引っ掛《か》かりを覚えた。

――確か、これまでの行方不明者も……。

これまでの十二人の行方不明者は全員が男性だった。そして比較的体格が大きい者が多かった。その理由が力仕事の働き手の勧誘であるとすると、真希には筋が通っているように感じられた。また今は時期的にその手の仕事の勧誘は怪《あや》しまれない。レインボゥハートとダークネスレインボゥの決着が付いて以降、再開発が進んでいるからだ。またどの行方不明者も裕福とは言えない経済状況だった。力仕事で良い条件を示されれば、断る理由は無い筈《はず》だった。

「その二人はどっちへ向かいましたか？」

「あっちだ」

「西門の方ですね」

それから真希はもうしばらくこの通報者から話を聞いた。そしてそれが済むと、真希は西門へ向かった。まだ会いに行っていない通報者は残っていたのだが、労働者を集めている者がいたのなら、西門の方向で目撃者がいると考えての事だった。

「ふーん、単なる長期のアルバイトとゆーか、出稼ぎ？　そーゆーのの場合があるかもしんないんだ？」

「はい。そうであってくれればとても良い事なのですが……それでも連絡《れんらく》が滞《とどこお》っているのが気になります」

西門の方へ向かう間に、真希は自分の考えを孝太郎達に伝えていた。状況的《じょうきょうてき》に見て、連絡が滞っていなければ単なる泊《と》まり込みの労働と見る事も出来た。だが実際は連絡が滞っている。フォルサリアでも日本ほどではないが個人用の通信機器が普及《ふきゅう》しつつあるので、考えにくい状況だと言えた。

「俺らの携帯《けいたい》電話みたいに、周囲に基地局がないせいで連絡が取れないって事は無いのかい？」

孝太郎は自身のスマートフォン――セキュリティの懸念《けねん》があるというフォルトーゼ側の要請《ようせい》で最近専用機種に変更《へんこう》した――を取り出し、真希に見せる。電波の感度を示す三本のラインは全て消えている。フォルサリアにはモバイル通信用の基地局が無いので、電波で通信できない状態にあった。

「あります。それが多分、唯一の例外になるのではないかと」

もし働く場所が都市から離れている場合、そこにフォルサリアの通信網《つうしんもう》が設置されていない場合が考えられた。フォルサリアの魔力を使ったモバイル通信網はまだ開発途上《とじょう》にあり、全域をカバーできていないのだ。カバーされていない場所に居れば連絡が入らなくて当然だろう。だが真希の見立てでは、その可能性はさほど高くはない。工事現場なら怪我や事故を想定せざるを得ないので、通信の手段を確保する可能性が高いからだった。

「少しずつですが、事件である可能性が濃厚《のうこう》になってきた訳ですね」

これまでの話を受け、晴海がそう結論する。この時の晴海は残念そうだった。事件などない方が良いとずっと思っていたからだ。しかし基地局が無いという状況以外では、何かの事件が起きている可能性が高くなった。誰かが労働者に通信をさせないようにしているという事だからだ。晴海に限らず、あまり歓迎《かんげい》出来ない状況だった。

「………ん、あれ………？」

そんな時だった。不意に真希の足が止まった。

「どうしたんだい、藍華さん」

真希の様子に気付いた孝太郎も足を止め、彼女の下《もと》へ戻っていく。その間、真希はしきりに周囲の様子を見回していた。

「この辺りの風景に、見覚えがあるような気がして………」

真希は何かに引き寄せられるようにして、一歩二歩と足を踏《ふ》み出す。そしてその度に、真希は確信を強めていった。

――私、この風景を見た事がある。でも、どこで………？

真希は懸命《けんめい》に自分の記憶《きおく》を辿《たど》る。ここ二年余りの出来事ではない。孝太郎と出逢《であ》ってからは、そもそもフォルサリアに戻ってくる事は少なかった。最低でもそれよりも前になる筈だった。

――この場所は、まさか!?

そして真希の視線はある小さな路地に吸い寄せられる。その瞬間《しゅんかん》に真希は気付いた。

「この場所は！」

「藍華さん!?　どうしたんだ!?」

真希は走り出した。背中にかかる孝太郎の声も聞こえていない。それぐらい真希にとって重要な場所だったのだ。

「この先、この先だ！」

路地へ飛び込むと、その感覚はより強くなった。そして路地の奥に、ちょうど日の光が差し込んでいる場所があった。

「やっぱりそうだ、間違《まちが》いない！」

その場所を見た瞬間に、真希は完全に思い出す事が出来た。陽《ひ》だまりの中に建っている小さな家、それこそが――

「――私の家！　私が生まれた家！」

真希の生家。両親と共に幼年期を過ごした筈の場所だった。そして真希は自身の生家を目の前にして、呆然《ぼうぜん》と立ち尽《つ》くした。

真希にとってこの場所は、感情的に複雑な場所だった。何故《なぜ》なら真希は、幼い頃に奴隷商人に売られたからだ。つまりこの場所は、両親との想《おも》い出《で》の場所ではなく、両親の裏切りを象徴《しょうちょう》する場所なのだ。だからこれまで積極的に捜《さが》そうとはしなかった。フォルサリアが広いからではなく、捜したくなかったのだ。それが不意に真希の前へ現れた。こうなると無視も出来ない。真希は突然《とつぜん》現れた我《わ》が家《や》の前に立ち尽くしていた。

「私はここで生まれて数年を過ごし、そして……」

売られた。

真希がここで暮らした記憶はおぼろげで、父母の記憶も殆どない。二人の顔が辛《かろ》うじて思い出せる程度で、一緒《いっしょ》に何かをした想い出は残っていない。売られたのはそれ程《ほど》に彼女が幼い頃なのだ。街の風景だって完全な記憶ではない。印象の強かったものが、辛うじてこの場所へ導《みちび》いてくれたに過ぎなかった。

「ここは、藍華さんが生まれた場所なのかい？」

そんな真希に孝太郎が問いかけた。孝太郎は真希の呟《つぶや》きの一部を聞き取っただけで、正確には何故真希がここへ来たのかは分かっていなかった。

「……あ……はい……そうです」

この時になって真希はようやく孝太郎達の事を思い出した。真希はそれを失敗だと感じると共に、それほどまで自分にとっては重大な事だったのかと驚《おどろ》きを新たにした。

「そうか。とんだ偶然《ぐうぜん》があったもんだな」

孝太郎はそれ以上は何も訊《たず》ねなかった。真希が幼少期に奴隷商人に売られた事は既に聞いていたから。真希の心中は想像に難《かた》くなかった。孝太郎には真希にどんな言葉をかけたらいいのか、すぐには思い付かない。だが、そうではない者がいた。

「大丈夫《だいじょうぶ》だよ、真希」

それは早苗だった。真希は強い感情を発していたから、その混乱した心情が早苗に伝わっていた。だから早苗には何をしたら良いのかがはっきりと分かっていた。

「この場所で何があったにせよ、あんたにはあたし達がいるから……」

早苗はそう言いながら真希を背後から抱き締《し》めた。早苗に出来る、一番強い力で。その力でどうか、真希が辛《つら》い気持ちを一瞬《いっしゅん》でも忘れられるようにと願いながら。

「東本願さん……」

それで真希の金縛《かなしば》りが解けた。真希は胸元《むなもと》にある早苗の手に触《ふ》れると、大きく息を吐《は》き出《だ》した。その表情は心なしか普段の彼女に近付いていた。

「もう大丈夫です。ありがとう、東本願さん」

「あたし、あんたには試験に合格して貰《もら》わないと困るんだ」

「そうでしたね、ふふ……」

「にしし」

真希が小さく笑ったのを感じて、早苗は真希から離れた。真希がしようと思っている事も、分かっていたから。

「ちょっと、行ってきます」

「ああ、俺達《おれたち》はここで待ってるよ」

真希は孝太郎達から離れ、一人家の中に入っていった。中は真希が思っていたよりもずっと明るかった。そうなった理由は、家の後ろ側が崩《くず》れてしまっていたからだった。そのせいで光が入り、家の中にあるものがはっきりと見えるようになっていた。

「もう、随分《ずいぶん》長いあいだ誰も住んでいないのね……」

家の中には長い年月の経過を感じさせる光景が広がっていた。本棚《ほんだな》には埃《ほこり》が堆積《たいせき》し、台

所には蜘蛛《くも》の巣が張っている。そして崩れている側に近付く程、風雨が吹《ふ》き込んだせいで土台が腐《くさ》り、泥汚《どろよご》れも広がっている。二階へ上がる階段は残っていたが、既にその二階は崩れ去っていた。

「お嬢《じょう》さん、そんなところに入ったら危ないよ！」

そんな時だった。崩れた部分の向こう側から声が聞こえて来た。その声の主は、裏手にある家に住む老婦人だった。真希は家の残骸《ざんがい》を抜《ぬ》け、声の方に近付いていった。

「その家は御覧《ごらん》の通り崩れかけでね、子供達が遊び場にして危ないってんで、来月にも取《と》り壊《こわ》されるって話なのよ。お嬢さんは大丈夫だったかい？」

真希が裏手へ抜けると、老婦人は真希の頭から足までをじっと見つめた。

「はい。大丈夫でした」

老婦人は真希の心配をしてくれていた。そして真希が頷《うなず》くのを見て、彼女は笑顔《えがお》を覗《のぞ》かせた。

「それは良かった。ところでお嬢さんはなんでその家に？　理由もなく立ち入るには危ない場所だよ」

「実は、この場所には以前、知り合いが住んでいた筈だったので……」

嘘《うそ》ではない。だが真希は真実の全ては語らなかった。初めて会った人間に、両親に売られた話をする勇気はなかったから。

「そうだったのかい。それなら仕方がないねえ。……私もここへ引っ越《こ》して来て日が浅いから詳《くわ》しい事は分からないんだけど、十数年前まではここには若い夫婦《ふうふ》が住んでいたらしいよ」

「その人達はどうなったんですか!?」

自然と真希の声は大きくなる。だが老婦人はそれを気にした様子もなく、話を続けた。耳が遠かったのかもしれない。

「流行《はや》り病で亡《な》くなったそうだよ。それっきり、ここには誰も住んでいない。流行り病は去っても、進んで住みたくはないだろうからね」

「……そう、でしたか……」

思いがけず知った、両親のその後。真希は自然と背後を振《ふ》り返《かえ》り、生家を見上げる。だが真希の心には何も思《おも》い浮《う》かばない。多くの情報が一斉《いっせい》に降りかかってきたせいで、考えがまとまらないのだ。真希はそのまましばらく、生家を見上げていた。

真希が我に返ったのは、視界を遮《さえぎ》られたからだった。視界を遮ったのは孝太郎。ずっと戻って来ない真希を心配して追ってきたのだった。

「あ……里見、くん……？」

「良かった、何かあったのかなって心配したよ」

「あったといえばあった、なかったといえばなかった、という感じです」

「どういうことだい？」

「そこの家に住んでいるおばあさんに、両親がどうなったのかを教えて貰いました」

「おばあさんに？」

孝太郎は真希が指し示した方に目をやる。しかしそこに老婦人の姿はない。既に立ち去った後だった。立ち尽くす真希を、そっとしておいてくれたのだろう。

「はい。ここに住んでいた人は、十数年前の流行り病で亡くなったと仰《おつしや》っていました」

「そうか……何も、分からなくなってしまったな……」

十数年前と言えば、真希が奴隷商人に売られた頃。だがタイミングがはっきりしない。流行り病は真希が売られる前なのか、後なのか。それとも進行中に売られたのか。それによって真希が奴隷商人に売られた経緯《けいい》は変わってくる。単にお金の為に売ったのではないかもしれないのだ。それに売ったのが死後なら両親のせいではないかもしれない。だが真相を周囲の住人に訊ねようにも、かつての流行り病のせいで元の住人は姿を消していた。亡くなった者ばかりではなく、疎開《そかい》した者も多かったのだ。そして彼《かれ》らは戻って来ていない。今の住人達は、裏の老婦人のように最近やってきた者ばかり。手掛かりはぷっつりと途切《とぎ》れていた。

「でも里見君……私、何だかホッとしているんです」

「どうしてだい？」

「もう、両親を恨《うら》まなくて済みますから……」

これまで真希は、ずっと両親を恨んできた。信じていた両親に裏切られた訳だし、その後の辛い人生の引き金を引いたのは紛《まぎ》れもなく両親が真希を奴隷商人に売ったからだ。だがその両親は既に死んでいた。何か抜き差しならない理由があって真希を売ったなら、仕方のない事かもしれない。そうでなくても既に死に、罰《ばつ》は受けている。真希にはもう、両親を恨む理由はなかった。

「……う、うぅ……」

それでなお、真希は泣いていた。その感情が何処《どこ》から来るのかは分からない。両親が死んでいた事が悲しいのではない。かつて売られた事が悲しい訳でもない。ただ、無性《むしょう》に悲しかった。ここで途切れてしまった何かが、無性に。

「藍華さん………」

涙する真希の姿を見て、孝太郎は無性にどうにかしてやりたかった。孝太郎にも、この状態の真希を放っておいたら絶対に後悔すると分かっていたのだ。だから孝太郎は必死で考えた。だが生半可な方法では真希の心を守れない。この傷だらけの少女を救うには、一体何が必要か。孝太郎はそれが分かっていたが、すぐには実行に移せなかった。それは非常に大きな決断を含《ふく》む事だったから。

――――しかし………そうだな、他に方法はない………。それにこの子は、もう俺に同じ事をやってくれているんだからな………。

だがそれでも最後には孝太郎は決断した。そして真希の額をちらりと見てから、それを実行に移した。

「俺も気を付けないとな」

「………っ⁉　里見くっ、えっ、ええっ⁉」

孝太郎は真希を抱き上げていた。幸い孝太郎の腕力《わんりょく》なら、華奢《きゃしゃ》な真希を持ち上げるぐらい造作もない。真希は驚いた様子で孝太郎の顔を見つめていた。

「俺が藍華さんを傷付けた時は、執念深《しゅうねんぶか》く一生恨まれるってコトだもんな」

「………さとみ、くん………」

そして孝太郎は真希の身体をしっかりと抱き締めた。それが真希に必要だと知っていたから。友達やクラスメイトという壁《かべ》があっては、今の真希は救えない。孝太郎は今、自ら意図してその壁を破壊《はかい》した。孝太郎は、本当ならキスでもした方が良かったのかもしれないとも思っていた。しかしそこは孝太郎も十代の少年だった。大人の男性には、なり切れなかった。

「………それって………二度と放さないって、意味に聞こえるんですけれど………捨てられたら私、きっと………とても傷付くと、思うから………」

真希はすぐに力を抜き、孝太郎に身体を預ける。孝太郎が思った通り、今の真希は家族も同然の相手のぬくもりが欲《ほ》しかったから。

「魔法で確かめてみたらどうだい？　藍色《あいいろ》の魔法使いなんだからさ」

「平気、です。私は………藍色の魔法使いである以前に、あなたを愛していますから」

真希は孝太郎の首に自らの頬《ほお》を押《お》し当てるようにしてそう囁《ささや》く。孝太郎からはその顔は見えていなかったが、真希の声の調子から、少し前よりはずっといい顔をしているだろうという想像はできた。

「だったら早く泣《な》き止《や》んでくれ。もうすぐみんなが来る。そして君が泣いているのが俺のせいになる」

「難しいけれど、やってみます。本当はもう、里見君のせいなんですけれど……」

真希は涙混じりにそう言って笑うと、しっかりと孝太郎の身体を抱き返した。それから真希は涙を止めようと頑張《がんば》ったのだが、結局孝太郎は程なくやってきた少女達の非難の的となった。

そこで眠る者　七月十日(日)

真希《まき》が泣き止んだところで、孝太郎《こうたろう》達は西門への移動を再開した。幸い真希は普段通りの表情と足取りを取り戻していた。その飼い猫《かいねこ》であるごろすけは当初こそ心配そうに真希の周りをうろうろしていたが、今はもう真希の身体をよじ登り、遠慮《えんりょ》なく定位置の左肩《ひだりかた》に納まっていた。

「ねーねー、孝太郎ー」

そして孝太郎の左肩から顔を出しているのは早苗《さなえ》だった。彼女は少し身を乗り出すようにして孝太郎に話しかけた。

「んー?」

「さっきはごめん。色々言ったけど、あたしが間違ってた」

真希が泣いていた時、早苗はよく考えず他の少女達と一緒に孝太郎を非難した。だがその後の真希とごろすけの様子から、早苗はどうやら真希を泣かしたのは孝太郎ではないらしいという事に気が付いた。それに気付いた段階で素直《すなお》に詫《わ》びられるのが、早苗の美点だろう。

「怒《おこ》ってないの?」

「そうか」

孝太郎は少なからず怒っているだろう、早苗はそう思っていた。だが孝太郎の反応は薄《うす》く、怒っているようには見えなかった。

「よく考えるとな、あの場合は俺が藍華《あいか》さんを泣かしてた方がマシだったからな」

当初は真希が泣いている理由が自分になるのは困ると思った孝太郎だが、すぐに思い直した。両親への複雑な感情を持て余して泣いたという構図より、孝太郎に何か言われて泣いたという方がよっぽどマシだと気付いたからだった。だから少女達に非難されても何も反論しなかったし、今も怒っていなかった。

「そっか。……………えへへ」

「どうした?」

「孝太郎、男前だね?」

「前にも言ったが、お前らにくらいは、そうなれるように頑張ってる所だ」

「上手《うま》くいってると思うよ。ひゃくてんまんてん」

早苗はそこで言葉を切り、代わりにしっかりと孝太郎の背中にしがみつく。そうすれば一番気持ちが伝わると知っているからだった。

「………」

「………」

そんな二人の様子を後ろから見つめる四つの瞳《ひとみ》があった。瞳の持ち主は晴海《はるみ》と静香《しずか》。二人は早苗が孝太郎の背中にしがみつくのを見届けると、顔を見合わせて微笑《ほほえ》んだ。後で早苗と同じ事をしてみよう、そんな事を思いながら。

経済状況があまり良くない地区では仕事の勧誘は珍《めずら》しくない。だが身なりが良い男性が勧誘していたというのは、比較的多くの人々の記憶に残っていた。結局のところ力仕事の人間の勧誘なので、多くはその現場の責任者が勧誘しに来る。それは一緒に働いている人間なので、作業用の服装でやってくるのだ。だから身なりが良い男性が来るのはレアなケースなのだった。

「この辺りの筈なんですが……」

西門を出て数十メートル来たところで、真希は足を止めた。西門を出た先は殆ど開発されておらず、剥《む》き出しの荒《あ》れた土地が広がっている。実は西門周辺で聞き込みを行ったところ、西門を出て少し行った場所で身なりの良い男が雇《やと》われた男達を車に乗せていたという目撃情報を得る事が出来たのだ。

「時勢的にはこっち側で労働者を集めるのは間違ってないな。まぁ、おかげで誰にも怪しまれなかったんだろうが」

孝太郎は周囲を見回してそう言った。これまでのフォルサリアは、戦いに備えて守り易い場所しか開発されていなかった。常にダークネスレインボゥの攻撃《こうげき》の恐《おそ》れがあったからだ。しかし今はそうではない。徐々《じょじょ》にだが、こちら側にも開発の手が伸《の》びている。守り易い場所は限られるし多くが開発済みで、こちら側の方がコストは安く済む。当然の成り行きだろう。

「真希さん、これからどうしましょうか?」

晴海は真希にそう訊ねたが、実は頭の中には幾《いく》つかやるべき事が思い浮かんでいた。だがこれはあくまで真希の試験。真希に指示された場合や、緊急《きんきゅう》事態が起こった場合以外では、真希が判断して行動しなければならなかった。

「埴輪《はにわ》さん達に見て貰いましょう」

真希はそう判断した。普通《ふつう》の人間ではこの場所に来ただけでは何も分からない。だが埴輪達なら様々な分析《ぶんせき》が可能だった。

『お安い御用《ごよう》だホ！』

『任せて欲しいホ、真希ちゃん！』

真希の言葉に前後して、何処《どこ》からともなく二体の埴輪が彼女の傍《そば》に現れた。二人ともやる気満々だった。そんな二人に気付いたごろすけが小さく声を上げる。

「な〜」

『小さいブラザー、主人との関係に迷ったらいつでも相談に乗るホ！』

『おいら達はこれでもベテランの使用人だホ！』

「なう〜」

真希の肩に乗っているごろすけは、急に現れた埴輪達を見ても驚いた様子はない。そういうものだと理解しているのか、はたまた野生の勘《かん》でその存在に気付いていたのか、そのどちらかだろう。

「あたしもやるー！」

『ちょっとぐらいおいら達にも活躍《かつやく》の場が欲しいホ！』

『早苗ちゃんがやっちゃうとおいら達の立場がないホ！』

二体の埴輪はその小さな身体に多くの能力を秘《ひ》めているが、霊能力《れいのうりょく》という単一の能力に限れば早苗に劣《おと》る。早苗が出て来てしまうと活躍の場が奪《うば》われるおそれがあった。

「じゃあ、合体技《わざ》でいこう」

『それならいいホ。おいらは画像解析《かいせき》を中心に進めるホ』

『だったらおいらはネットワークと分析に力を入れるホ』

「よーし、いくぞー！」

『ホー！』

『ホホー！』

二体の埴輪は素早《すばや》く早苗の頭の両脇《りょうわき》に陣取《じんど》った。そうやって三人で力を合わせてこの辺りの情報を集めようというのだ。三人は霊能力を使って情報をやり取りできるので、それぞれが取得した情報を組み合わせれば、より細かい分析が可能となるのだった。

「うぅんむむむぅ……」

いつになく真面目《まじめ》な顔で、早苗はあたりを見回す。相棒の真希が真の魔法《まほう》少女になるかどうかという大事な局面なので、珍しく早苗は本気だった。

「早苗ちゃん、どんな感じ？」

静香がそんな早苗の顔を覗き込む。すると早苗の表情が僅《わず》かに緩《ゆる》み、静香の方に目を向けた。

「んーとねー、ここにいた人達の中に、変なおじさんが交じってるっぽい。なんていうのかなー、頭の中身がティア達っぽい」

「変なおじさん？　ティアちゃん達っぽい？」

静香は首を傾《かし》げる。変なおじさんとティア達っぽいという言葉が頭の中で結びつかないのだ。それは他《ほか》の者達も同じだったので、代表して孝太郎が質問を繰《く》り返した。

「早苗、それでは全然分からんから、もうちょっと分かるように言え」

「わかってよー！　あたしの事も愛してるんでしょー!?」

「これは愛とは関係ない」

「もー！　めんどくさいなぁ……召喚《しょうかん》っ！」

説明を面倒臭《めんどうくさ》がった早苗は、ここで強引《ごういん》な手段に出た。

ぽんっ

『きゃあああぁっ!?　ちょ、ちょっと「早苗ちゃん」っ!?』

早苗は自分の霊体の中から強制的に『早苗さん』の要素を分離《ぶんり》、孝太郎達の目の前に引《ひ》き摺《ず》り出した。孝太郎達の傍にいると幽霊《ゆうれい》だった『早苗ちゃん』の要素が強くなるので、通常は生身の身体で育った『早苗さん』の出番は少ない。それがいきなり表に引き摺り出される事になったので『早苗さん』は酷《ひど》く動揺《どうよう》していた。

『どういう事なのっ⁉　急に何が起こったのっ⁉』

「あたしは仕事で忙《いそが》しいから、説明はあんたがやって」

早苗が『早苗さん』を呼び出したのは、孝太郎達に状況《じょうきょう》を説明する為《ため》だった。早苗を構成する要素の中では比較的理性的な部分が集まっている『早苗さん』は『早苗ちゃん』よりも説明が得意だったのだ。

『それだけっ⁉』

「うん。後は任せた」

『あ、あうぅ………』

早苗は――中身はほぼ『早苗ちゃん』だけ――酷く軽い調子で周囲の情報収集に戻った。困ったのは孝太郎達の前に取り残された『早苗さん』だった。

「諦《あきら》めた方が良いぞ、妙《みょう》にやる気の時のあいつは手が付けられん」

『そのぉ、自分の事なので、それは十分かっているんですが………』

「それにしても最近のお前は出鱈目《でたらめ》だな」

『済みません、「早苗ちゃん」が本当に済みません』

状況を把握《はあく》した後にひとしきり恐縮《きょうしゅく》した『早苗さん』は、気を取り直して孝太郎達に説明を始めた。

『えっと、それで何処からでしたっけ?』

「変なおじさんがどうのとか、ティアっぽいとかなんとか」

『そうでしたそうでした!』

「ふふっ」

『えっ? 何で笑うんですか?』

「そういうところはやっぱり早苗なんだなって」

自分から話を始めたのに、どこまで進んだのかを忘れるというのは実に早苗らしい行動だ。全く違《ちが》っているように見えても、ところどころよく似ている二人の早苗。思わず笑ってしまった孝太郎だった。

『そ、そうですよ。私はあっちの「早苗ちゃん」と同じ、早苗です』

「話の腰《こし》を折って悪かった。続けてくれ」

『も〜〜』

いつもは控《ひか》え目《め》な『早苗さん』だが、この時はちゃんとした役目があるからか、頬を膨《ふく》らませて強めの主張をしていた。そんな姿もまた『早苗ちゃん』とよく似ていたのだが、孝太郎はあえて何も言わなかった。

『さっき「早苗ちゃん」が言っていた変なおじさんと、ティアミリスさんみたいっていうのは同じ意味なんです』

「どういう事だい？」

『ええと、頭の使い方が他の人と違って目立つっていう事なんです。多分、翻訳《ほんやく》の為の機械とか魔法とかを使っているんじゃないかと』

言語というものは脳の言語野を使うという点では共通しているが、全く同じ成立過程の言語は無いので、言語野の使い方や脳の他の部分との連携《れんけい》が異なっていて、それが霊波《れいは》の違いとなって現れる。それを早苗は変なおじさんと表現したのだった。

「じゃあ、翻訳の魔法なり道具なりを使っていて頭の使い方が違うから、ティア達みたいに見えるっていう事か」

『はい。あとは「変なおじさん」が知らない、フォルサリア固有の言葉が他の言葉に置《お》き換《か》わっている場合なんかも起きていると思います』

「あいつ、そんな事まで読み取ってるのか。大したもんだ」

『埴輪さん達の助けがあっての事です。それに会話の中身が分かる訳でもないんです。結局は残留思念ですから』

早苗がこの微小《びしょう》な差異に気付いたのは、二体の埴輪が同じ事をして、その情報を統合して解析してくれたからだ。そのおかげでこの場所に他と違う頭の使い方をする――微妙《びみょう》に違う霊波を発している――人間の存在があると気付く事が出来たのだ。

「それでも大したもんだ」

『きょ、恐縮です』

孝太郎に褒《ほ》められた『早苗さん』は、宙に浮かんだまま頬を赤らめる。結局は『早苗さん』も『早苗ちゃん』も一人の早苗。面と向かって褒められているも同然だった。

『ここに「変なおじさん」が使っていた車の轍《わだち》が残ってるホー』

『北西の方向に続いているようだホー』

「でかした！　追えそうか？」

『大丈夫だホー！　炎騎士《ほのおきし》は優秀《ゆうしゅう》だホー！』

『猫《ねこ》騎士は結構な大型車である事にも気付いているホー！』

早苗が感知した情報から、二体の埴輪は『変なおじさん』が使っていた車のタイヤ跡《あと》を見付け出した。それは大型の車両のもので、現在でも辛《かろ》うじて後を追える程度の跡が地面に刻まれていた。これは単純に埴輪達の画像解析の賜物《たまもの》で、早苗だけであったら追う事は出来なかっただろう。

「問題は、これが『勧誘《かんゆう》をしていた身なりの良い男の人』かどうかでしょうね」

この晴海の指摘《してき》は確かに大きな問題だった。今のところ、頭の使い方が違う人がいるというだけの手掛《てが》かりしかない。それが『勧誘をしていた身なりの良い男の人』と同一人物とは限らないのだ。埴輪達が特定したタイヤ跡を追っていった結果、別の人でしたという事は十分に起こり得る事だった。

「捜査《そうさ》は足で……追ってみるしかないと思います。労働者の勧誘、目撃談《もくげきだん》、大型車のタイヤ跡と、状況的には決して分の悪い賭《か》けではないと思います。それに翻訳する道具が必要という事は、少なくとも外国人なのは確かです。確認《かくにん》は必要だと思います」

真希はそれほど悲観していなかった。労働者の勧誘をしていたという事は、人員の移送が行われていたという事。大型車はその用途《ようと》に合致《がっち》するし、この辺りでそれが何度か目撃されている。また仮に無関係だとしても、翻訳の魔法ないし機械を使っている人間がいるのは間違いないようなので、その正体を確かめておくのは悪くない判断だった。少なくとも技術力は地球人の水準を超《こ》えている外国人だからだった。

フォルサリアの王都トルゼの西側は殆《ほとん》ど開発の手が伸びていない。その事がタイヤの跡を追う孝太郎達《たち》にとって有利に働いていた。少し王都から離《はな》れた段階で、他のタイヤ跡が激減したのだ。

「ここまで減ってくると、俺《おれ》でも分かるな。このタイヤだろう？」

『流石《さすが》大きいブラザー！』

孝太郎の目で確認できるタイヤ跡は三つあった。オフロード車だと思われる溝《みぞ》の深いもの、タイヤが二重になっているトラックと思われるもの、そして特にこれといった特徴《とくちょう》のないタイヤ。今追っているのは一般的《いっぱんてき》な大型車なので、三番目の特徴のないタイヤで正解だった。

「うみゃー」

『小さいブラザーも正解だホー！』

意味が分かっているのかいないのか、真希の肩から降りたごろすけは楽しそうに問題のタイヤ跡を追っていく。その姿は愛らしさに加えて、どことなく狩《か》りをしている印象もあって、少女達はごろすけの姿に完全に心奪われていた。

「ごろすけちゃんが居るとどうしても和《なご》んじゃうわねぇ……」

子猫の姿に一番心奪われていたのは静香だ。彼女《かのじょ》は今の状況が分かっていてなお、軽快に走っていく子猫の姿から目が離せないでいる。もっとも彼女がどれだけ油断していたとしても、彼女の中にいる竜族《りゅうぞく》の帝王《ていおう》が油断しないので大丈夫ではあったのだが。

「気持ちは分かります。でも大丈夫。そろそろ真希さんはごろすけちゃんを避難《ひなん》させてしまうと思いますから」

晴海はそう言って笑う。真希は危険が近付くと、ごろすけを科学と魔法で作られたキャリーバッグにしまってしまう。このキャリーバッグは埴輪達と同じレベルで透明化《とうめいか》と飛行の能力があり、真希から一定の距離《きょり》を置いて自動的についてくる。搭載《とうさい》されたＡＩは優秀で、戦闘《せんとう》が始まると勝手に距離を取り、終わると近くに戻《もど》ってくる。魔法によって隠密性《おんみつ》能も高められており、敵の拠点《きょてん》に入れたりしなければ発見される心配は殆どない。一応バリアーの機能もあるのだが、恐らく使われる事はないだろう。ちなみにこのバッグはクランが作ってくれたものだった。

「ああよかった、二重の意味で」

「ふふふ、言っている傍からホラ」

「さあ、ごろすけ、おいでー」

「……………うみゃ」

「わがまま言わないで。おねがい、大事なお仕事なの」

「なうー」

当初は少し抵抗《ていこう》したごろすけだったが、真希がもう一度お願いすると自分からキャリーバッグに入っていった。真希は精神系の魔法を得意としているので、特に意識せずとも魔力で僅かながら他人の気持ちが分かるし、逆に真希の気持ちを少しだけ伝えられる。ここではその力が役に立った格好だった。

「また後でね」

「うみゃあ」

キャリーバッグは孝太郎達の目の前で溶《と》けるようにして消えていった。真希が安全だと判断して呼び寄せるまでは、もう姿は見せないだろう。

「藍華さんがごろすけを隠《かく》したって事は、何か見付けたんだろう?」

バッグが消えるのを待って、孝太郎が真希に訊ねる。真希は危険かもしれないと思ったからごろすけを隠した。つまり彼女は何かを見付けている筈《はず》なのだ。そうしながら孝太郎は、腰に差しているシグナルティンの鞘《さや》の留め金を外した。

「はい。あそこを見て下さい」

真希は静香——プラス火竜帝《かりゅうてい》——とティアに次いで目が良い。その軍事組織経験と合わせれば、何かを見付け出す能力はトップクラスだ。この時も誰《だれ》よりも早くそれを見付け出していた。

「トラックか……妙なところを走ってるな」

孝太郎達は森の中を抜けていく道を徒歩で進んでいたが、現在位置から数百メートル離れた少し見下ろす位置に、別の道が並走していた。そこをトラックが走っていたのだ。トラック自体には問題はない。フォルサリアではしばしば見かける運搬用《うんぱんよう》のトラックだ。少し古臭《ふるくさ》いデザインで魔法の動力で走るという以外は、地球のそれと変わらない。問題はこんな場所で何故《なぜ》トラックが走っているのか、という事だろう。そう思えばこそ、真希はごろすけを隠したのだ。

「同じ方向に行くみたいだねー」

そして早苗が言う通り、道は並走しているが同じ方向へ向かっている。孝太郎達と目的地が同じである可能性は少なくなかった。

「やっぱりこの先に何かあるんじゃないでしょうか」

晴海はそう言って道の先を見つめる。そこには小高い山があった。トラックが走る道が孝太郎達よりも下側にあるのは、そちらが麓《ふもと》の方向だからだ。孝太郎達は既《すで》に登山が始まっているような状況だった。

「里見《さとみ》君、おじさまがあのトラックは食べ物を運んでいるって言ってるわ」

「確かですか?」

『うむ。儂《わし》は上空から狩りをする生活をしていたのでな、感覚には自信がある』

火竜帝《かりゅうてい》アルゥナイアは魔力と心だけで静香に宿っている状態だが、必要に応じて静香の身体を強化する事が出来る。それによって強化された感覚によれば、トラックからはスパイスや肉、パンの匂《にお》いがしている。食料を運搬するトラックで間違《まちが》いない筈だった。

「言われてみれば、おじ様達ドラゴンが獲物《えもの》を間違ったら笑い話だもんね?」

『間違っていた時は黙《だま》っていて欲しい』

「はいはい、うふふ……」

静香とアルゥナイアは束《つか》の間《ま》家族の親睦《しんぼく》を深めていたが、真希と孝太郎は依然《いぜん》として厳しい表情を崩していなかった。二人の興味はトラックのサイズに向けられていた。

「あれが食料のトラックであるなら、かなりの量です」

「そうだな、スーパーに商品を運び込むトラックと同じくらいでかいもんな」

トラックの荷台はコンテナ式で中は見えないが、そこに食料が詰《つ》め込まれているなら数トンの重さがある事は明白だ。そして向かった先には、その食料を全《すべ》て格納できる施設《しせつ》がある。また同時に、それを食べる沢山《たくさん》の人が居る筈だ。それが実際にどれだけの人数であるのかはトラックの配送の回数にかかっているので、はっきりとは分からない。それでも最低で数十人はいると考えた方が良いようだった。

孝太郎達がトラックを見付けた場所から二キロ余り進むと、やはり並走していた二本の道は一つになった。トラックの目的地は、孝太郎達が追っているタイヤの跡が向かう方向と、同じ方向にあるようだった。

『昨日雨が降ったようなので正確な事は言えないけれど、トラックは週一回よりは多い頻《ひん》度《ど》で走っているホ』

『届け先が一ヶ所であるとすると、人数は百人以上かもしれないホ』

「その規模の作業なら、ここの携《けい》帯《たい》が通じるようにしそうなもんだがな……」

フォルサリアでも個人の携帯通信機器の時代に入りつつある。例えば大きな作業現場であれば怪《け》我《が》などの緊急事態の為だけでなく、作業を効率化する為にも携帯通信機器が使える方が良い。これは運搬だろうが建設だろうが変わらない。孝太郎はそれをしていない事が気になっていた。

「秘密厳守の現場で、現場監督《かんとく》しか携帯を持っていないとかじゃないかしら？」

この静香の指摘は、精密機器を扱《あつか》う工場などでしばしばある事だった。高度な機密に触《ふ》れるというだけでなく、クリーンルームで行われる作業も多く、滅菌《めっきん》していない私物の持ち込みが禁じられているのだ。

「それなら終業後に連絡《れんらく》があっても良い筈です。それが携帯であれ、公衆電話のようなものであれ……」

晴海の表情は暗い。連絡がないという事がどういう意味なのか、彼女はとても嫌《いや》な予感がしていた。

「何か悪事が進んでいるのかもしれません。貴金属の鉱山が見付かったなんていうのは、強制労働の基本ですから」

鉄などの普通の鉱山であれば、鉱員に通信を禁じる意味は殆どない。比較的《ひかくてき》多くの地域で掘《ほ》れるからだ。だがそれが貴金属であれば話は違う。鉱員の携帯電話を取り上げて、情報漏《も》れを防ぎたいと考える経営者も出て来るだろう。情報漏れのせいで他の企業《きぎょう》が群がってきたら、折角《せっかく》の鉱脈はあっという間に掘り尽《つ》くされてしまう。またそうした競争がエスカレートすれば、強制労働などに繋《つな》がっていくだろう。

フォルサリアでは魔力を帯びた鉱脈が見付かった場合などに、そういう事件が起こりやすい。そうした鉱脈から出た鉱石は、魔力を蓄《たくわ》える装置の心臓部に魔力を帯びたニッケルやカドミウム、単純に魔法の武器なら魔力を帯びた鉄鋼、悪魔の攻撃から身を守る防具なら同じく銀、といった具合で使われる。どれも極《きわ》めて高額で取引されるので、歴史的に不幸な事件に繋がり易《やす》かった。これもまたフォルサリアの魔法至上主義的な社会の弊害《へいがい》と言えるだろう。

「なるほどな、段々分かってきたぞ」

「どういう事ですか？」

「薄々《うすうす》そういう事件かもしれないと考えていたから、レインボゥハートは藍華さんの試験の課題にしたんだよ。中級魔術師としての採用であっても、藍華さんの実力はゆりかに匹《ひっ》敵《てき》する訳だからさ」

孝太郎が思うに、もし本当に魔力を帯びた鉱脈などの組織犯罪案件なら、本来ならアークウィザードの昇格《しょうかく》試験に相当するような案件だろう。そして真希のここまでの経緯からやむなく中級魔術師としての採用であっても、彼女の実力を見る為にはこのクラスの試練が必要になる。冷静になって考えてみれば、当然の判断だった。

また孝太郎はあえて口にはしなかったが、真希が元ダークネスレインボゥであるという事も加味されている可能性が高い。元ダークネスレインボゥの真希は、この手の犯罪に詳《くわ》しい筈なのだ。

「人手不足って言っていたし、里見君の言う通りかも」

　静香が同意して苦笑いする。フォルサリアも今は上を下への大騒《おおさわ》ぎの最中《さいちゅう》だ。平和になった上に、真なる故郷とコンタクトが取れたので、何もかもが一斉《いっせい》に動き出し、どこも人手不足だった。その意味でも真希がこうした案件に回される理由はあった。

「よく分かんないけど、悪い奴《やつ》やっつければ良《い》いんでしょ？」

『そういう事件なら、そんなに単純じゃないよ、「早苗ちゃん」』

「もし本当に強制労働だったら、最後は悪い奴をやっつけますけど、最初はきちんと証拠《しょうこ》を掴《つか》むところからですね」

「そーか、あたし達は正義の味方だった」

「お前はいつまでも発想が幽霊のままだな」

「またまたぁ、そういうあたしを好きになったくせにぃ」

　ぐりぐり
　早苗の指先が孝太郎の頬にめり込む。

「お前のその無尽蔵《むじんぞう》の自信が時々羨《うらや》ましいよ」

　孝太郎はそう言いながら肩を竦《すく》めた。そして孝太郎のその行動をきっかけに、孝太郎と少女達の表情が真剣《しんけん》なものに戻る。状況はちゃんと分かっているのだ。これは早苗でさえ

「あたしが偵察《ていさつ》に行ってこようか？」

真面目な表情に戻った早苗はそう提案した。その時に今も幽体離脱《ゆうたいりだつ》状態の『早苗さん』を指さしていなかったら、もっと良かったのだが。

『私が行くの⁉』

「あたしの方が行くとバレちゃうかもしれないでしょ」

二人の早苗は同一人物だから、基本的に霊能力も共有されている。だが『早苗さん』は普通の女の子として育ったので、霊能力の扱いは『早苗ちゃん』に任せがちだ。実際今も霊力の大半は『早苗ちゃん』の方がコントロールしていた。それはつまり霊的には『早苗さん』は目立たないという事でもある。そして死霊系や占術《せんじゅつ》系の魔法で霊力は感知出来るから、偵察に行くなら『早苗さん』の方が適切だろう。『早苗ちゃん』らしからぬ、非常に正しい判断だった。

「お前にしては冴《さ》えてるな」

「あたしだってちゃんと考えてるもん♪」

「藍華さん、どうする？」

「そうですね、お願いできますか？」

そうだった。

真希にも早苗の判断は間違っていないように思えた。『早苗さん』が多少可哀想《かわいそう》に思えたのは確かなのだが。

「うん！」

『そんなぁ～～！』

こうして『早苗さん』は一人で偵察に出掛《でか》ける事になった。もちろん今後の方針を決める為の偵察なので、高い所まで飛んで行って周囲を観察するだけなので危険は全くない。それでも初めての単独任務に『早苗さん』は緊張《きんちょう》と戸惑《とまど》いを隠せなかった。

「ホラ、さっさと行ってきなさい」

『でも～～～』

「真上に敵なんていないから」

『本当に？』

「あたしがあんたに嘘《うそ》ついてどうするのよ」

『でも「早苗ちゃん」は結構無意味な事をするから………』

「あたしの魔法少女活動の今後がかかってるのよ？」

『そっか、それもそうだね』

二人の早苗はしばらく言い合いを続けた後、結局は『早苗さん』は『早苗ちゃん』に説得されて宙に舞《ま》い上《あ》がった。

『それじゃ、行って来まーす！』

「危なくなる前に帰ってくるのよ！」

『え、危ないの!?』

「言葉のアヤだってば！　さっさとゴー！」

『はっ、はーい！』

不安なのか、『早苗さん』は上っていく間もきょろきょろと辺りを見回していた。

「まったくもー………」

そんなもう一人の自分の事を、『早苗ちゃん』は腕組《うでぐ》みをして不満げに見上げている。その姿は妹の初めてのおつかいを見守る姉のようだった。

「………良い所あるじゃないか」

孝太郎は『早苗ちゃん』が『早苗さん』を引っ張り出したのは、『早苗さん』の存在が薄れないようにする為ではないかと思っていた。孝太郎達は『早苗ちゃん』との繋がりが強いから、『早苗さん』の存在が薄れても分からないかもしれない。だが両親や小中学校のクラスメイトは『早苗さん』の方しか知らない。その存在が薄れる事を、寂《さび》しく思う人がいるに違いなかった。

「でしょー!? もっと褒めやがれ」

「はいはい、偉《えら》い偉い」

結局、彼女が姉のようだったのは数秒間だけだった。すぐに『早苗ちゃん』は孝太郎に頭を差し出し、撫《な》でるように催促《さいそく》する。その姿は甘《あま》えん坊《ぼう》の妹のようだった。


霊力を感知出来ると言っても、森のような霊力を帯びたものの向こう側を見通すのは難しい。距離が遠ければなおの事そうだ。その意味では幽体離脱して空へあがるのは効果的だ。何も遮《さえぎ》るものがないからだ。実際『早苗さん』は飛んでいった数十秒後に孝太郎達のところへ戻ってきた。人が集まっている場所を発見したからだった。

「あの子の言う通りなら、この岩山の向こう側ぐらいの筈だけど」

「ここで先輩《せんぱい》達と待ってろ、俺と藍華さんで覗《のぞ》いてくる」

「気を付けてね」

「ああ」

孝太郎達は『早苗さん』が見付けた場所へ慎重《しんちょう》に近付いていた。あらゆる可能性を考慮《こうりょ》しなければならないので、状況を確認するまでは見付かってしまう訳にはいかない。距離が縮まった今は特にそうだった。

「藍華さん、頼《たの》む」

「はい」

孝太郎と真希の目の前には大きな岩の塊《かたまり》がそびえ立っている。早苗はその向こう側に人が集まっていると言っていた。その人々を集めた者が仮に悪党だったとしたら、この辺りから厳重な警戒網《けいかいもう》が張られているかもしれない。そこで孝太郎は、軍事経験が豊富な真希に先導を頼んだ。体力自慢《じまん》の孝太郎なので、真希の真似《まね》をしてついていくだけなら難しくはなかった。

「………あの木には近付かないで下さい。カメラとマイクがついています………」

「………ああ………」

真希と孝太郎は時折小声で言葉を交《か》わしながら傾斜《けいしゃ》を登っていく。予想通り、そこにはそこかしこに監視《かんし》装置が仕掛《しか》けられていた。だが真希は迷いのない調子でそれらをかわしながら進んでいく。孝太郎の期待以上の鮮《あざ》やかさだった。

「………見えて来ましたね………」

岩山の頂上付近にやってくると、そこからしばらく下った先に、人の姿が見えるようになった。そこは広く、多くの人間が何かの作業をやっているようだ。真希は姿勢を下げ、手近な茂《しげ》みに入っていく。まだ距離はあるが、用心は必要だ。人の姿が見えるという事は、相手側からも見えるという事だからだった。

「……何をやっているんだ、あれは……」

孝太郎は背負っていたバックパックから双眼鏡《そうがんきょう》を二つ取り出すと、そのうちの一つを真希に手渡《てわた》す。そして二人は双眼鏡を構えて問題の場所を観察し始めた。

「……テントが幾つか……石か何かの小さな構造物があるな……」

その場所は広場のような場所で、石造りの小さな何かが並んでいた。そしてその場所に幾つものテントが立てられている。人はそこを行き来していたが、そこで何かをしているというよりは、テントを利用する為にその場所にいるようだった。

「……里見君、テントの向こうに、さっきのトラックが……」

「……大型車もあるな。俺達《おれたち》が追ってきたヤツかな……」

そして先程《さきほど》見かけたトラックと、孝太郎達が追っていた車と思《おぼ》しき大型車がテントの傍に停《と》まっていた。トラックの中身はテントに運び込まれている様子だった。

「……もっと奥《おく》で何かをやっているようですね。でも、この場所からでは……」

人々はテントから出ると、孝太郎と真希からは見えない位置に向かって進んでいく。周囲の樹木との角度が悪いのだ。その先に何かがあるようだが、この場所からでは確認は出来そうもなかった。

「………どうする………？」

「………東本願《ひがしほんがん》さん達と合流して、少し先まで行ってみましょう。最低でも何をしているのかくらいは確認しなくては………」

一応小規模ながら軍事作戦なので、上官が判断を下せる程度の情報は持ち帰らねばならない。今のところ偵察向きの岩山に監視機器がありました、という程度の情報しか手に入っていない。今時は監視機器くらい営利企業なら普通に使うので、現段階ではまだ情報は殆どないという状況と言える。そんな訳で、真希はもう少し偵察を続けるべきだと判断したのだった。

「………了解《りょうかい》です、隊長………」

真希の判断を聞いた孝太郎は、おどけた調子で敬礼した。そんな孝太郎の反応に、真希は目を丸くする。

「………隊長………？」

「………藍華さんの試験なんだからさ、そういう事だろう………？」

実は真希にどうするべきかを尋《たず》ねた時、孝太郎は既にもう少し偵察すべきだろうと思っていた。だがこれは真希の試験だ。それであえて質問し、真希の判断を仰《あお》いだという訳だった。

「……かもしれませんけど、しっくりきません……」

真希の願望で言うと、判断や命令は孝太郎にして貰《もら》いたかった。これは楽をしたいという訳ではなく、孝太郎に決めて貰うと、自分の事を考えて貰っている実感があって嬉《うれ》しいのだ。幸い最終的な判断は、いつもきちんと話し合うおかげで、真希と孝太郎には大きな違いは出ない。だったら孝太郎に決めて貰いたい、というのが真希の希望だった。

「……試験なんていつもそうだよ。さ、行こう……」

孝太郎はそう言うと姿勢を下げたまま茂みを出て、早苗達の方へ戻っていく。そして十分に安全だと確認をしてから立ち上がった。

「……はい……」

真希は自分が孝太郎に命令する状況に思うところはあったが、それでも試験は試験。先に立ち上がった孝太郎の手を握《にぎ》り締《し》め、立たせて貰うだけで満足しようと思った。

その場所がお墓であると気付いたのは、やはり早苗が最初だった。つまり孝太郎が双眼鏡で見た石造りの構造物は墓石だった訳だが、早苗は墓石を見て気付いた訳ではない。その場に多くの霊が漂《ただよ》っているのに気付いたからだった。

「止《や》めてよ早苗ちゃん、そういう怖《こわ》い事言うの」

早苗の言葉に顔を真っ青にしたのが静香だった。くっきりはっきり見えていたせいか、静香は幽霊時代の早苗は別に怖くなかった。しかしいるのかいないのかはっきりしない、いわゆる怪談《かいだん》やホラーの幽霊は苦手だった。

「大丈夫《だいじょうぶ》だよ、もう消えかけのやつばっかりだから。孝太郎だとギリ見えるかどうかじゃない？」

「意識して探さないと無理だな。お前よくこんなのちゃんと見えてるなあ………」

「にしししー。でも向こうはこっちの事は見えてないし、仮に見えててもこっちに何かするのはムリだから、怖がんなくてダイジョーブ！」

「むしろそういうのが怖いのよ～～」

自身が幽霊だった事もあり、早苗は幽霊の事を誰よりも良く分かっている。その分、必要以上に恐《おそ》れる事はない。だが静香は違う。得体の知れない何かが自分の周りを飛び回っていると言われると、安全だと言われても良《い》い気持ちはしなかった。

『……青騎士《あおきし》よ、もしかして儂の存在、シズカに全否定されたか？』

「その逆でしょう」

「そうよ、おじ様は全然怖くないんだってば。よく知ってるから」

『それは良かった』

「ねえ、おじ様の力で何とかならない？」

『何もしなくても寄って来ないと思うが。それに寄って来たところで、多分バラバラになるだろうしな』

「そうなの？」

『うむ。儂が常時放射している霊波《れいは》でバラバラになる程度の、つまらん悪霊《あくりょう》だ』

「待って待って、それ悪霊だったの⁉」

「うん。だからなんてゆーのかな、しゅーねんでまだ形を保ってるの」

「それ、いちばんこわいやつーー！」

　そうやって一部に多少の混乱を起こしつつも、孝太郎達は慎重に墓地へと近付いていった。状況は分かっているので、静香は出来るだけ幽霊の事は考えないようにして、何とか冷静さを取り戻していた。

「里見君、これ以上の接近は危険です。一般的な探知系の魔法《まほう》の効果範囲《はんい》に入ってしまいます」

そんな時、先頭を行く真希が手近な樹木の陰《かげ》に身を隠しながらそう告げた。墓地の外周を囲っている低めの石垣《いしがき》からの距離はまだ百メートルはあるし、人々はその更《さら》に向こう側にいるから、物陰に居れば気付かれる心配はない。だが探知専門の魔法や魔法の装置は、一般的なものの効果範囲が最大でそのくらいになる。用心は必要だった。

「あれは何をやっているんでしょうか……」

晴海は真希の様子を見習って自らも物陰に身を隠すと、少しだけ頭を出して墓地の様子を覗く。そこにいる人々はつるはしやシャベルを担《かつ》いでいるので、何かを掘っているのは間違いないようだが、その先は晴海には想像がつかなかった。

「桜庭先輩《さくらばせんぱい》、これ多分遺跡《いせき》の発掘《はっくつ》です」

想像がついたのは、意外にも孝太郎だった。孝太郎には彼《かれ》らの持ち物の多くに見覚えがあった。それはハケやコテ、小さなハンマーなど、日頃《ひごろ》孝太郎がアルバイト先でよく使っている道具ばかりだったのだ。

「あれが里見君が言う通りに遺跡の発掘だとすると、よっぽど大事なものを掘ってるって事になるわよね？」

ただの学術的な発掘なら携帯通信機器を止めたりはしない。そして静香のその考えを晴海が支持した。

「この距離まで近付いたから分かったんですが、彼らの向かう先に強い魔力があるのを感じます。もしかしたら、それを掘っているのではないでしょうか」

フォルサリアでは鉱脈が魔力を帯びていたり、一般《いっぱん》市民が魔法の道具を持っていたりするので、そこかしこで魔力が感じられる。しかしそうしたものが邪魔《じゃま》をしていてなお、晴海には墓地の先にある魔力が感じられた。それも魔法を使わずに。つまり、かなり強力な魔力がそこにある筈だった。この晴海の指摘は真希にも正しく感じられた。だから真希は頷《うなず》いた。

「はい、そう思います。ですから――」

『いたぞー、あそこだー！』

そんな時の事だった。突然《とつぜん》、墓地の人々の動きが慌《あわ》ただしくなった。発掘の為《ため》のものと思われる道具を投げ出し、その手に武器を構える。フォルサリアには魔物が住んでいるので、日常的に人々は武器を持ち歩いている。だから自然と真希は魔物でも出たのだろうと考えた。

「気付かれたよ！　沢山の人がこっちに向かってくる！」

しかし魔物が出たのだろうという考えは、早苗の言葉であっさりと否定された。真希はそれに驚《おどろ》きつつも、素早《すばや》く決断した。

「逃《に》げましょう！　今はまだ戦いたくありません！」

まだ決定的な証拠は出ていない。この場所がどういう場所なのかも分かっていない。その状態でこの場所の人々と事を構えるのは良い事ではない。ダークネスレインボゥならともかく、レインボゥハートがやる事ではなかった。

「カラマ、コラマ、桜庭先輩、頼みます！」

『了解、大きいブラザー！　おいら達にお任せだホー！』

『スモークグレネード発射態勢だホー！』

「はい！」

フォルサリアは魔法の国。追跡《ついせき》手段に魔法が加わる可能性は極めて高い。だから逃げる場合は魔法であるかどうかにかかわらず、多くの手段で対抗《たいこう》していく必要があった。

『目標、前方五十メートル！　誤差修正省略だホ！』

『すぐに発射だホー！』

ぽひゅっ
埴輪《はにわ》達はシンプルに発煙弾《はつえんだん》――ゆりかがネフィルフォラン隊から貰ったものなので性能は折り紙付き――を発射。

ドンッ

孝太郎達と墓地の間に大量の煙《けむり》を作りだした。

『集《つど》い来たれ、光の精霊《せいれい》！　輝《かがや》き紡《つむ》いで糸と成し、織りて夢幻《むげん》の虚像《きょぞう》と成さん！　舞い踊《おど》れ！　光輝《こうき》の舞い手！』

そして晴海は、煙が視界を塞《ふさ》いでくれているうちに自分達の姿をコピーした幻影《げんえい》を作り出した。そして幻影を自分達とは別の方向へ向かわせた。

「マス・インビジビリティ！」

最後は真希だった。真希は素早く呪文《じゅもん》を詠唱《えいしょう》すると、透明化の魔法を発動させた。これにより孝太郎達の姿が消《き》え失《う》せた。煙が消えれば幻影だけが残り、追手はそちらへ向かうに違《ちが》いなかった。

「ああびっくりした……とりあえず、上手《うま》くいったみたいね……」

思惑《おもわく》通り、追手は幻影の孝太郎達を追っていった。透明《とうめい》になった孝太郎達はその反対方向に逃げていく。そうしてある程度距離《きょり》が離れたのを確認すると、真希は胸を撫で下ろした。やはり指揮を執《と》っていると他人の命を預かる事になるので、真希であってもいつも以上に緊張する部分があった。

「それにしても、どうして気付かれたんだろう？」

孝太郎も真希同様に胸を撫で下ろしていたが、胸の中には引《ひ》っ掛《か》かりが残っていた。真希の指揮は決して間違っていなかった筈だ。必要以上に危険な事はしなかったし、魔法の効果範囲も考慮に入っていた。なのにあっさりと発見された。孝太郎はそれが気になっていたのだ。

「軍事レベルの魔法で防御《ぼうぎょ》態勢を敷《し》いていたのかもしれません。その場合――――」

「来たよ！　また来た！　消えてるのに、こっちが見えてるみたい！」

「――――この程度では完全には逃げ切れません」

「みんな、もう一回頼む！」

結果的に見て、墓地の向こう側で発掘を行っている者達は、孝太郎達の予想を大きく超えた防衛態勢を敷いていたと言えるだろう。真希の経験からすると、機密漏洩《ろうえい》や強制労働からの脱走《だっそう》者を防ぐには過剰《かじょう》過ぎる防衛態勢に感じられた。だとしたら、あそこにはそれ以上の何かがあるという事になる。真希にはそれが不気味に思えてならなかった。

墓地の奥で発掘作業をしていた者達は、早々に孝太郎達を発見して追いかけてきた。だがその追跡に関する技術は軍事レベルにあり、孝太郎達であっても追跡を振《ふ》り切るのに多くの時間と労力を費やした。攻撃《こうげき》すれば簡単だったのかもしれないが、詳しく事情が分からない状況《じょうきょう》ではそういう訳にもいかない。それに孝太郎達の情報も渡《わた》したくはないので、接触《せっしょく》は避《さ》けたかった。その為、追手を完全に振り切ったのは周囲に夜の帳《とばり》が下りた頃《ころ》の事だった。

「んー、最後の人達が帰ったみたいだよ。あたし達以外でこのあたりにいるのは、動物だけだと思う」

「やれやれ、ようやく諦《あきら》めてくれたか……」

早苗の報告を受け、孝太郎はようやく緊張を解いた。孝太郎は小さく息を吐《は》き出《だ》すと、腰《こし》に下げた剣《けん》に留め金をかける。剣が必要な状況は、もう起こらない筈だった。

「それにしてもあいつら、あの場所で何を発掘していたんだろう?」

無事に追手をかわした孝太郎達だったが、結局その問題が残ってしまった。しかも問題の墓地からかなり距離が離れてしまっている。ちょっとした情報と引き換《か》えに、調査は大きく後退したと言えるだろう。

「私達を追《お》い払《はら》うだけでなく、この時間まで追ってくるとは……よっぽどの事情がありそうですね」

晴海はそう言って眉《まゆ》を寄せる。手に入れた情報は墓所で何者かが発掘をしているという直接的な情報と、警戒《けいかい》が厳重で追跡が長かったという間接的な情報だけだ。しかしそれだけでも分かる事はある。彼らはどうしても外部に漏らしたくない情報があるのだ。それが発掘しようとしているものであるのか、はたまた劣悪《れつあく》な労働環境《かんきょう》なのかは、分からないのだが。

「どうするの、藍華さん。また忍《しの》び込む？　今度はもっと慎重に」

静香はこの時、魔法や埴輪達の力を駆使《くし》すれば、再びあの場所の調査に行くのは不可能ではないように感じていた。まだ真希の仕事は終わっていない。墓地の奥で行われている事をきちんと確かめる必要があった。

「今夜は警戒が強まるでしょうから、戻って忍び込むのは得策ではないでしょう」

だが真希は首を横に振った。真希があの場所の指揮官であれば、今夜は発掘作業を中止して侵入者《しんにゅうしゃ》――孝太郎達の事だ――への警戒を強める。逃げた侵入者が戻って来て再侵入などよくある話だ。真希はそんな状況で今夜もう一度行くのは危険だと考えていた。もしもう一度行くなら、少し時間を空けて万全《ばんぜん》の準備が必要だった。

「それよりも一旦《いったん》王都へ戻りましょう」

「ティア達と合流するのか？」

「それもあるんですが、確かめたい事があるんです」

真希は孝太郎に頷き返したが、彼女《かのじょ》の狙《ねら》いはそれだけではなかった。

「確かめたい事？」

早苗が首を傾《かし》げる。早苗にはティア達と合流する以上に、重要な事があるとは思えなかったのだ。

「ええと、あの場所は間違いなく墓地でしたよね？」

「うん、あたしが言うのもなんだけど、おばけがいっぱいだった」

「思い出させないでよぉ～」

「だとしたら、記録が残っていると思うんです。あの墓地にどういう人達が何人ぐらい埋《まい》葬《そう》されているのか、という記録が」

墓地であれば普通《ふつう》は役所に記録が残る。墓地が古過ぎて記録が残っていない例外的な状況はあるかもしれないが、そういう例外を除けば役所の記録を見る事で彼らが何を掘り返していたのかが分かるかもしれない。つまりあの場所が墓地であると確定した段階で、真希の仕事は終わっているかもしれない、という事になるのだった。

一応真希の採用試験だったので、孝太郎達はなるべくフォルトーゼの技術や早苗の霊能力を使い過ぎないようにしていた。あくまで真希が捜査《そうさ》の指揮を執り、真希に出来る事は真希がやるべきだった。技術や霊能力でゴリ押《お》しして事件を解決しても、採用試験の評価としては今一つだろう。

だが、今の状況を鑑《かんが》みて連絡だけはしようという事になった。墓地で盗掘《とうくつ》が行われている可能性があったからだ。フォルサリアは魔法の国なので、愛用の魔法の品が一緒《いっしょ》に埋葬されるケースが少なくなかった。だから組織的に墓を暴《あば》いて、そういった物を盗《ぬす》み出しているなら由々《ゆゆ》しき事態だと言える。そういう道徳的に見過ごせない行為《こうい》が疑われたので、魔法による通信が回復する前に、重力波通信での連絡を試みたのだった。

「その後、連絡はあったのかい?」

「最初の返信以降何もありません」

「どういう事だろうな、これは………」

真希はティアにメールで連絡を取り、華江良《かえら》への伝言を頼んだ。その内容は、墓地の場所とそこで起こっている事を伝え、埋葬されている者達の情報が欲《ほ》しいというものだ。すると数分後に『緊急《きんきゅう》』とタグ付けられたメールの返信がきた。そこにはたった一言、『すぐに戻《もど》って出頭せよ』とだけ書かれていた。真希が知りたいと思った事は、一言も記されていなかった。

「もうおばあちゃんのとこに着くから、直接訊《き》こうよ」

「それもそうだな」

孝太郎達は既《すで》にブルータワーに戻って来ていた。現在はその頂上へ向かって、エレベーターで移動している最中。手持無沙汰《てもちぶさた》の孝太郎が真希に返信の有無《うむ》を訊いた訳だが、早苗が言う通り、もはや直接訊いた方が早そうな状況だった。

ピン

もう少しで最上階、という時になってエレベーターは一度停止した。新たに乗り込んでくる者がいるのだ。ドアが開くと、そこにはおなじみの顔があった。

「コータロー！　帰っておったのか！」

「お前達か」

乗り込んで来たのはティアとルース、クランとキリハとナナの五人。実は彼女達はこれまで、この階にあるゲストルームで待機していたのだ。

「どういう状況なんだ？」

「わからん。マキからの伝言を伝えて幾《いく》らもしないうちに、会談が一旦中断になった。そして今、カエラ殿《どの》に再び呼び出されたところじゃ」

ティアが真希からの伝言を華江良に伝えると、彼女からいつもの笑顔《えがお》が消えた。それはすぐに他の長老達にも伝播《でんぱ》していった。そして部下に聞いたり地図で何かを確認《かくにん》したりした後、会談は中止になった。その後のティア達は行政庁舎からブルータワーに移動させられ、最上階近くにあるゲストルームで待機していた。

「俺達が帰って来たから、一緒に話をするつもりなのかもな」

「そうだろう。しかもかなりの大事の筈《はず》だ」

キリハは厳しい表情を覗かせていた。真希からの伝言が届いてからの華江良達の行動からすると、状況は簡単ではない筈だった。フォルトーゼ・フォルサリア・大地の民による三者会談を中止してまで早々に対応しなければいけない事情とは何なのか。キリハは悪い予感がしてならなかった。

「困りましたね……折角このような未来を話し合う場を設けたというのに……」

ルースは残念に思っていた。障害は少なくないけれど、今回の会談では三者の未来についての重大な話し合いが行われていた。それを何らかの事件で中断しなければならないのは、ルースだけでなく多くの者にとって悲しい出来事だった。

「こうなっては早々に問題とやらを片付ける事に、注力すべきですわね」

珍《めずら》しくクランは前向きだった。その眼鏡の奥にある光は、健《すこ》やかで力強い。おかげで俯き気味だったルースの顔が上がる。これはキリハや静香もそうだった。

「お前の中の良い所が出たな、皇女殿下《でんか》」

孝太郎は珍しく直接クランを褒《ほ》めた。いつものように褒め難《にく》い話ではなかったから。

「貴方《あなた》の中で眠《ねむ》っている青騎士《あおきし》を、出さずに済ませたいものですわね」

クランもいつまでも未熟な少女のままではない――孝太郎はそれを頼もしく思いながらも、同時に幾らか残念でもあった。孝太郎は未熟なクランを構っていたかったし、彼女が活躍《かつやく》するような危険な状況も嫌《きら》いだった。

華江良はブルータワーの最上階で孝太郎達の到着《とうちゃく》を待っていた。だが彼女の服装は以前見たものとは変わっていた。以前の彼女はゆったりとした長老のローブを身に着けていたが、今は青を多用した制服を身に着けている。それを見たナナは表情を変えた。

「華江良様、それ程《ほど》の事態なのですか!?」

華江良が着ているのは、ブルータワー総司令の制服だ。つまり今の彼女は長老会議のメンバーではなく、軍事組織の長として行動している。それはブルータワー全体が戦闘態勢《せんとう》にあるという証拠だ。そして温厚《おんこう》な華江良が迷わず戦闘態勢を取った事には、重大な意味がある。ナナが表情を変えたのはそのせいだった。

「残念ながらその可能性が高いようですね」

ナナも華江良も挨拶《あいさつ》を省略していた。二人とも筋は通すタイプなので、本来ならここできちんと挨拶を交わした筈だ。だがそれをしないまま、話は本題に移ろうとしていた。

「真希、もう一度あなたの口から状況を報告して下さい」

華江良はブルータワーの兵力を動かす前に、きちんとした真希の報告が必要だと考えていた。レインボゥハートの理念からすると、軍を動かす時はきちんとした根拠《こんきょ》が必要になる。伝言による曖昧《あいまい》な報告だけでなく、正規の手順としての報告が必要だった。

「はい。ブルータワー所属、中級魔術師藍華真希、任務の報告を致《いた》します」

真希は元々軍事組織に所属しているので、その辺の事情はよく分かっている。一度敬礼してから報告を始めた。

「この場所で任務を受領した後、私はまず通報者に話を訊きに行きました」

通報者に話を聞いた事、その途中《とちゅう》で人手を集めている男の情報を得た事。目撃《もくげき》情報を辿《たど》って街の外へ出て、人員輸送に使われていた車の追跡を行った事。その結果、山の中にある墓地へ辿り着いた事、その奥で何者かが発掘を行っていた事。真希はそうした経緯《けいい》を正確な情報を交えて報告していった。

「不確定要素が多かったので交戦を避けて撤退《てったい》、協力者であるティアミリス皇女殿下を経由して華江良様に一度簡易な報告と情報収集を要請《ようせい》致しました。その後、返信に従って報告に参上致しました」

「撤退は賢明《けんめい》でしたね。その時点で交戦していたら、貴女方でも危なかったかもしれません」

真希の報告が終わると、華江良は納得《なっとく》した様子で大きく頷いた。真希の任務中の行動とその報告はどれも適切で、華江良が知りたかった事は全《すべ》て知る事が出来た。

「華江良様、あの場所は一体どういう場所なのですか？」

真希は問題の墓地に埋葬されている人々の情報を求めた。だがそれについての情報は未《いま》だに得られていない。任務を続ける為にも、その情報が必要だった。

「このフォルサリアにおける、最高機密に属するものです」

「最高機密？　ではそれで返信が無かったのですね」

最高機密に属する情報は、おいそれと通信には乗せられない。特に誰《だれ》に傍受《ぼうじゅ》されるとも分からない無線通信ではなおさらだ。それで真希のところに情報が来なかったのだ。

「そうです。ですから今から話す事については、可能な限り内密に願います」

だが事件が起こってしまった以上、孝太郎達に隠《かく》し続ける訳にはいかなかった。実は孝太郎達には、この事件の真実を知る正当な権利があったのだ。

「実は……あの場所には、フォルサリア魔法王国の建国当初の時代を生きた人々が埋葬されています」

華江良はとても厳しい表情で話し始めた。それはまるで悪い事でも話しているかのようだった。

「あんな行くだけで大変な場所に埋葬されたのは何故《なぜ》なのですか？」

建国当初の人々という事は、歴史的に重要な意味を持つ人々の筈。それが街から遠く離《はな》れた山の中に埋葬されているのは解《げ》せない話だ。真希だけでなく、孝太郎や少女達もそこが気になっていた。

「かつて彼らは大罪を犯《おか》し、我らフォルサリアの民が真なる故郷から追放される原因を作りました。ですから彼らの墓を街の近くに作る事へ反対する声が大きかったのです」

追放後は多くの者達が考えを改め、フォルサリアで生きていく為に尽力《じんりょく》した。それでも真なる故郷から追放された原因を作った彼らを、フォルサリアの民達《たみたち》は許さなかった。それほどまでに辛《つら》い旅路だったのだ。そんな状況で墓地を街の近くに作れば、破壊行為《はかいこうい》に晒《さら》される事は目に見えていた。当時のレインボゥハートはそれを避けて、死後ぐらいは赦《ゆる》されるべきだと、遠くの山に墓地を作ったのだった。

「加えて彼らの研究が危険だった事も、街から離れた場所に埋葬された要因の一つです。特に彼らのリーダーであった大魔法使いの研究は危険視されていました。彼らの研究も墓地の奥に封印《ふういん》されています」

危険な魔法の研究なら、処分してしまえという声もあった。だがもし研究が流出していたら、それが悪用された時に対抗手段を失う。病気の研究と同じで、危険だと分かっていても全てを処分してしまう訳にはいかないのだ。その為に墓地の奥には彼らの研究が封印されていた。そしてそれが、墓地の事が最高機密扱《あつか》いであった原因だった。

余談ではあるが、ナナが孝太郎と初めて出逢《であ》った時に警戒していたのは、孝太郎が問題の大魔法使いが得意とする系統の魔法を使っていたからでもあった。それ程にレインボゥハートは大魔法使いの研究を危険視していたのだ。

「そいつの名前は？」

これまではずっと黙《だま》って話を聞いていた孝太郎が、ここで口を開いた。真希の任務なので、口を挟《はさ》むつもりは無かった。だが孝太郎はどうしても、それを確認せずにはいられなかった。

「我々は、彼《か》の者の名を語る事を禁じられています」

大地の民がそうだったように、フォルサリアにおいても、語る事を禁じられた名前があった。その名前はフォルサリアを追放に導いた罪そのもの。レインボゥハートでは代々、自戒《じかい》の意味を込め、その名を語る事を禁じられていた。

「それはもしかして……グレバナスか？」

華江良はその名を口にしなかったが、孝太郎には心当たりがあった。宮廷《きゅうてい》魔術師グレバナス。二千年前のフォルトーゼで起きた内乱、その首謀者《しゅぼうしゃ》の一人だった。

「どうしてそれを⁉」

そして華江良の反応で、孝太郎は自分の心当たりが正しかった事を知った。

「……いえ、やはりそういう事なのですね、孝太郎殿《どの》。我々の伝承では、あなた様の事は断罪者として伝えられております」

この二年以上の間、ゆりかとナナがティア達フォルトーゼ人と行動を共にした事で、フォルトーゼが真なる故郷である事が分かった。過去のフォルトーゼへタイムスリップをした経験を持つ孝太郎とクランが、フォルサリアにサリアシャールの古城がある事に気付いたのがその決定打となった。そしてその報告を受けた時から、華江良は青い鎧《よろい》を着ている孝太郎の事が気になっていた。グレバナス達を追放した者もまた、青い鎧で身を包んでいたという伝承だったから。

「断罪者か………結果的にそう見えたんだろうが、単に必死だっただけだ」

孝太郎にはグレバナス達を断罪したつもりも、追放したつもりもなかった。ただフォルトーゼを滅《ほろ》ぼそうとしたマクスファーンを止めようと必死だった。その最後の手段が超時《ちょうじ》空《くう》反発弾《だん》だっただけなのだ。

「お察し致します」

華江良もその経緯は知っていた。名は語る事を禁じられていても、どういう事情で追放されたのかはきちんと伝承されている。だから彼女が孝太郎を恨《うら》むような事はなかった。もっとも彼女以外が同じ考え方をするかどうかは分からないから、華江良はその事実を自分の胸にだけしまっておくつもりでいる。それはティア達がフォルサリア側に対して、積極的に孝太郎の正体を伝えなかったのと事情は同じだった。

「………グレバナスの晩年はどうだったんだ?」

「反乱を悔《く》いていたとも、追放した断罪者に憎悪《ぞうお》を滾《たぎ》らせていたとも………なにしろ数百年前の出来事ですから、正確には伝わっていません。ただ、その影響力《えいきょうりょく》が大きかったのは確かです。今も彼の者の信奉者《しんぽうしゃ》は後を絶ちません。仮にその研究が危険ではなかったとしても、彼だけは間違《まちが》いなく街から離れた場所に埋葬された事でしょう」

「信奉者………もしあの場所に人を集めた者達の目的が、グレバナスの魔法の復活だとしたら……」

キリハは華江良の言葉の中から、信奉者という単語に注目した。確かに信奉者にならあの場所で発掘をする理由があるのだ。

「……！」

キリハの言葉で、孝太郎と少女達の表情が変わる。あの場所に人を集めた者の動機が明らかになりつつあった。

「里見君、グレバナスの研究は疫病《えきびょう》を中心とした死霊術！　そして――」

『儂《わし》を操《あやつ》っていた力を復活させようというなら、大変な事になるぞ！』

晴海とアルゥナイアはグレバナスの研究を誰よりもよく知っていた。人の生死に関《かか》わる死霊術の系統には、毒や疫病の魔法が少なくない。かつてアライアやシャルルはそれに苦しめられた。そして強力な心術系の魔法によって、アルゥナイアは自由を奪《うば》われてグレバナスに使役《しえき》されていた。あの場所で発掘を行っている者の目的が、グレバナスの魔法の復活なのだとしたら――華江良はそう思ったから、会議を中止させた。情報の漏洩を恐れて、真希への返信にも帰還《きかん》以外の指示を書かなかった。単に最高機密だからというだけの理由ではなかったのだ。それは数百年前、あるいは二千年前に起こった悪夢の、再来を意味しているのかもしれないのだった。

不死者　七月十日(日)

　発掘作業が行われているのはグレバナスの墓所。それを行っているのは彼の信奉者の魔術結社――我々の感覚で言えばカルト教団に近い――である可能性が極《きわ》めて高くなっていた。仮にそうでなくても、グレバナスの墓所に封印されている、彼が研究していた魔法を奪う事はフォルサリアでは違法行為《いほうこうい》にあたる。単純な墓荒《あ》らしも違法なのだが、禁忌《きんき》指定の魔法を持ち出す事は、現代社会において戦闘機《せんとうき》を持ち出すような重大な犯罪にあたるのだ。それが毒や疫病、他者の心を完全に操る魔法であれば、最大級の犯罪と言えるだろう。

　真希《まき》の働きによってその動きを察知したレインボゥハートは軍事行動に踏《ふ》み切った。容疑はもちろん封印されている禁忌指定魔法の持ち出し容疑。軍事行動の根拠としては十分だった。そしてレインボゥハートの戦闘部隊の中には真希だけでなく、孝太郎《こうたろう》達の姿もあった。グレバナスの魔法についてよく知っているので、華江良《かえら》に要請《ようせい》されたのだ。もっとも、要請などなくても孝太郎達は真希についていったのだろうが。

「グレバナスを崇《あが》める魔術結社か……ダークネスレインボゥには目的があったからある程度節度があったが、こちらはそうではないだろうな……」

フォルサリアの兵員輸送車両に揺《ゆ》られながら、孝太郎は厳しい表情をしていた。グレバナスは非道な魔法の研究に手を染めていた。その信奉者であれば、平気で同じ事をするだろう。しかもマクスファーンの国盗《くにと》りを手伝うという、グレバナスの理想も欠落してしまっている。つまりグレバナスの悪い部分だけが集まり、純化した集団という事になるだろう。それはダークネスレインボゥ以上に危険な者達かもしれなかった。

「それに、今になってどうして急に動き出したんだろう?」

孝太郎はその部分も気になっていた。グレバナスの信奉者が今になって急に集団発生したとも思えない。もっと前から行動していてもおかしくは無い筈だった。そんな孝太郎の疑問に答えたのはやはりキリハだった。

「それは良くも悪くもダークネスレインボゥのせいだろう。彼らにはより規模が大きい反政府組織であるダークネスレインボゥと共闘《きょうとう》したい考えがあったろうから、その縄張《なわば》りには手が出せなかった筈だ」

　ダークネスレインボゥはフォルサリアの反政府勢力の中では飛《と》び抜《ぬ》けた力を持っていたから、他の反政府勢力はダークネスレインボゥとの良好な関係を保ちたかった筈。そしてダークネスレインボゥが魔法やその研究を集めていたのは周知の事実。だからグレバナスの墓所を盗掘する事でダークネスレインボゥとの関係を乱す事を避けたというのは十分に考えられる話だった。だが今、ダークネスレインボゥは居なくなってしまった。自制する意味を失った者達が動き出したのだろう――キリハはそのように考えていた。

「もちろんグレバナスの墓所については最高機密に属する情報だから、単純に情報を得たのがこのタイミングという事もあるだろうが、事情としては副次的だろう」

「なんだかんだで、あいつらが安全弁の役割を果たしていたって事か……」

　結果的に見て、ダークネスレインボゥの存在が、他の組織の暴発を防いでいた。実は見えない部分で、ダークネスレインボゥは社会の安定に寄与《きよ》していたのだ。とはいえダークネスレインボゥ自体が社会の安定を乱していた訳なので、どちらが良いというような話ではないのだが。

「この世界は複雑だ。この敵を倒《たお》せば平和になるなどという、明確なゴールはどこにも存在していない」

「ダークネスレインボゥを倒しても次の敵が……か。俺《おれ》達はずっと戦い続けるのかもしれないな……」

孝太郎は肩《かた》を落とす。ダークネスレインボゥを倒しても、他の勢力が動き出した。だとしたら墓所で盗掘者《とうくつしゃ》を倒しても、また別の敵が現れるだけなのではないだろうか？　そう思うと、暗澹《あんたん》たる気持ちになる孝太郎だった。それは六畳間の少女達も同じだった。

「それでも――」

だが、そんな孝太郎達の気持ちをひっくり返せる人物がいた。

桜庭晴海《さくらばはるみ》。

決して強そうには見えない、色白で華奢《きやしや》な少女だった。

「――敵の規模を小さくしていく事は出来ます。墓所の盗掘者は、ダークネスレインボゥより小さい規模の組織の筈。次はもっと小さいでしょう。そうなれば活動の規模も期間も限られていく。平和な時間は長くなっていくでしょう。ずっと戦い続けるなど、そんな事はありません」

孝太郎達が戦い続けるのは、他の者達では対応出来ないからだ。だがもし敵の規模が小さくなっていけば、孝太郎達の出る幕はなくなっていく。やがて本来その役目を担《にな》う者達でも十分に対応出来るようになり、孝太郎達は年齢《ねんれい》相応の生活に戻れる筈――そんな晴海の力強い言葉は、孝太郎達の暗い気持ちを一気に吹《ふ》き払った。

「そうですね……頼《たの》もしい人達が、いる訳ですから」

孝太郎は小さく笑うと、兵員輸送車両の後ろの窓を覗《のぞ》いた。そこからはレインボゥハートの人々を乗せた車両の列が見える。全てを自分一人で背負おうとせず、彼らを信じても良い筈だった。

「気を付けて下さいね。里見《さとみ》君は時々、自分が完全無欠の英雄《えいゆう》ではない事に悩《なや》みます。でもそんな必要は無いのですから」

「桜庭先輩は時々こうやって、完全無欠のお姫様《ひめさま》になりますよね」

孝太郎はそう言って楽しそうに笑う。孝太郎が道を見失いそうになった時、晴海はいつも道を示してくれる。それはかつていた伝説の皇女様のように。だが本人はその評価に不満だった。

「では、今からしばらく暴君になろうと思います」

「無理無理、桜庭先輩には絶対無理」

「もー、里見君のそういうところ嫌いです！」

「あ、ちょっと暴君っぽいですよ」

「さとみくんのいじわるっ！」

一旦暗くなりかけた孝太郎達だったが、晴海のおかげで元気を取り戻していた。だから孝太郎はつくづく思った。やはり晴海は一番強い少女なのだろうと。けれど同時にこうも思った。孝太郎達と一緒だから、晴海は強いのかもしれないと。完全無欠のお姫様でいられるのかもしれないと。それを忘れずに、時々逆に支えてやる必要もあるだろう――膨《ふく》れっ面《つら》の晴海を見ながら、孝太郎はそんな事を考えていた。

兵員輸送車両で移動できるのは目的地の手前までだった。流石《さすが》に車では早々に発見されてしまうだろうからだ。それに道路を直線的に移動する車は、攻撃魔法《こうげきまほう》の良い的だった。孝太郎達が車から降りると、レインボゥハートの兵士達が隊列を組んでいく姿を見る事が出来た。その様子を見て、孝太郎は思わず感心していた。

「意外と男の魔法使いも居るんだな」

ゆりかや真希と出会い、そしてダークネスレインボゥと戦ってきた事で、孝太郎は女性の方が魔法使いに向いているのだろうと思っていた。だが実際に戦列に並ぶ顔ぶれには男性の姿も多かった。

「それはそうですよぉ。男の人の魔法使いだっていっぱいいますぅ」

孝太郎にとっては意外だったのだが、ゆりかは当たり前だと言わんばかりだった。

「こっちの魔法使いは女の人ばかりだから、てっきりそういうもんだと思ってた」

孝太郎の主観では、二千年前の世界においては、魔法使いは男性の方が多い印象があった。実際グレバナスも男性なのだ。だが現代で孝太郎が知っている魔法使いは軒並《のきな》み女性だった。だから漠然《ばくぜん》とフォルサリアでは魔法使いは女性の仕事だと考えていた。そして孝太郎がフォルサリアがフォルトーゼの末裔《まつえい》であると知ったのは、もっとずっと後の事なので、これまでは両者を関連付けて性別について考えた事が無かったのだ。

「あはは、確かに魔法使いには性別の差が出る傾向《けいこう》にありますね」

孝太郎の疑問に答えてくれたのはナナだった。この元・天才魔法少女には、そうなる理由に心当たりがあった。

「フォルサリアの地域性というか、男女の育ち方の差というか……フォルサリアでは男の人は比較的《ひかくてき》早くから働きに出るので、自分は魔法とは無縁《むえん》だという意識が根付いてしまうようなんです」

魔法は、意思の力と魔力で世界を改変する非常にデリケートな技術だ。もし魔法を使う時に『魔法なんて非常識だ』というような思いが混じると、それが魔法を働かせない魔法として機能してしまうという皮肉な事態が起こる。強い魔法を使うには、ゆりかのように心底魔法を信じる必要があるのだ。子供の頃に修行《しゅぎょう》を始める必要があるのもそうで、成長していく過程で『自分には魔法が使えない』という認識《にんしき》が固まってしまうと、実際にどれだけ魔力を持って生まれても魔法が使えなくなってしまう。そして慢性的《まんせいてき》な人手不足のフォルサリアでは、子供の頃から体格のいい子供は働きに出てしまうので、そこで認識が固まってしまうケースが少なくなかった。その結果、フォルサリアでは男性の魔法使いが少なくなる傾向にある。その傾向は特に高位の魔法使いに顕著《けんちょ》だった。

「ああ、それでなんか可愛《かわい》い感じの魔法使いが多いんですね」

「じっと見られながら言われると返答に困るんですけれど……」

孝太郎にじっと見つめられたナナは、照れた様子で視線を逸《そ》らし、軽く髪《かみ》を弄《いじ》る。その姿は確かに孝太郎が言う通り、可愛い印象だった。

「済みません、一番可愛い感じだったんでつい」

逆に言うと、ナナのように体格に恵《めぐ》まれない女の子は労働力にされにくいので、認識が固まる前にレインボゥハートに才能を見出《みいだ》されるケースが多くなる。魔法少年よりも魔法少女が多いのは、そういうフォルサリアの社会構造の影響《えいきょう》なのだった。

「もぉ……とはいえ、男性の魔法使いが弱いという訳ではありません。男性は高位の魔法使いが少ない反面、同じ階級の魔法使いなら女性よりも強いと思います」

「それはまたどうして？」

「やはり体格の問題です。男性は大型の魔術道具を多く使えます。それに身体が大きいという事は、魔力の総量が多いという事でもありますから」

男性は杖《つえ》にしろ装束にしろ、女性用のものよりも大きなものが使えるので、同じレベルの魔法使いなら自然と男性の方が強くなる。そして魔力は身体全体で発生させるものなので、身体が大きいと多くの魔法を使える。そうした事情を総合して考えると、威力《いりょく》なら女性の魔法使い、持続力なら男性の魔法使い、という違《ちが》いが生じるのだった。

「確かにあのでっかい盾《たて》なんかは、ナナさんやゆりかには無理そうだ」

最前列に並ぶ男性の魔法使いは、大型の盾を構えていた。これは彼《かれ》らが魔法を使う為《ため》の道具の一つで、防御《ぼうぎょ》魔法の働きを強める効果がある。この盾を使って強力な防御魔法を長期間維持《いじ》するのが彼らの役目なのだ。そしてその背後から女性の魔法使いが攻撃魔法を放つ。レインボゥハートでは男女の特性を生かした役割分担が為《な》されているのだった。

「そっかー、魔法おじさんって大事なんだねー」

魔法の話なのに珍しく黙って話を聞いていた早苗《さなえ》は、感心した様子で繰《く》り返し頷《うなず》いている。その顔を見た孝太郎は早苗が考えている事を直感した。

――この顔……いずれ俺が魔法おじさん役をさせられるな……。

孝太郎は遠からず早苗のワガママに付き合わされるような気がしたが、それは必ずしも悪くない気がしていた。孝太郎が大型の魔法の盾で少女達を守れば、彼女らが攻撃し易《やす》くなる。少女達は特化型の才能の持ち主が多いので、孝太郎達にとっても有効な戦術に思えたのだった。

レインボゥハートは魔法戦のエキスパート達なので、監視《かんし》や罠《わな》の魔法を掻《か》い潜《くぐ》る技術にも長《た》けていた。その為の専門のチームが存在しており、そうした魔法を解除する為に先行していた。彼女達は個々の能力で言えば真希やクランには劣《おと》るのかもしれないが、チームとして連携《れんけい》して働くのでその全体の能力は高く、しかも速い。チームとしての力を存分に発揮して、仲間達の進路を確保してくれていた。

「見えて来たな……」

孝太郎達の前方に、例の墓地が見えていた。石造りの墓は夜になると寂《さび》しい印象が増して見える。そこに居る者達が持ち込んだ明かりだけではその印象は拭《ぬぐ》えなかった。

先行したチームの奮戦のおかげで、孝太郎が思っていたよりもずっと早く、この場所まで戻ってくる事が出来ていた。今回は交戦の許可が出ているし、レインボゥハートの戦闘部隊も一緒なので逃《に》げる必要は無い。正面から攻撃《こうげき》して盗掘者を逮捕《たいほ》する予定だった。

「あれがグレバナス一派の墓地か……このような寂しい場所が終焉《しゅうえん》の地とはのう。可能なら遺骨をフォルトーゼに連れ帰ってやりたいところじゃが……」

ティアは近付いてくる墓地を眺《なが》めながら、グレバナス一派を憐《あわ》れんでいた。グレバナス達はマクスファーンと共にフォルトーゼの乗っ取りを企《くわだ》てた。だがティアは、既に彼らは十分に罰《ばつ》を受けたと考えている。祖国を追放され過酷《かこく》な人生を歩み、死後は数百年をこの寂しい場所で過ごした。だからティアは皇族として、出来ればグレバナス達をフォルトーゼに、真なる故郷へ連れて帰ってやりたいと思っていた。

「んー……あれ？　んん？」

そんな時、ティアと一緒に墓地の方を眺めていた早苗が首を傾げた。そして早苗は目を細めたり見開いたりしながら、繰り返し首を傾げ続けた。

「どうしたの早苗ちゃん？」

静香《しずか》が心配そうに早苗を見る。墓地には良いイメージがない静香なので、早苗が首を傾げているのは不吉《ふきつ》な前兆に思えたのだ。

「あのね、墓地の辺りにいた幽霊《ゆうれい》が居なくなってるみたいなの」

早苗が首を傾げていた理由は、居る筈のものが居なくなっていたからだった。

「やった！」

それは静香にとって朗報だった。静香は拳《こぶし》を頭上に突《つ》き上《あ》げるような仕草で喜びを露《あら》わにする。そこには空手の試合前のような力強さがあった。

「それに心なしかこの辺の霊力が減ってるような……」

「言われてみれば確かにそうだな」

孝太郎も早苗に言われて気付いた。元々フォルサリアは魔力は豊富だが霊力は弱い。これは単純に環境《かんきょう》が過酷なせいで、全体的に生命が少ない事に起因している。それが今、更《さら》に少なくなっていた。それは早苗程に霊能力が操れない孝太郎でも分かるほどの、はっきりとした変化だった。気になった孝太郎は早苗に訊《たず》ねた。

「早苗、こういう事はどういう時に起こるもんなんだ？」

「分かんない。あたしもこういうのを見たのは初めてだもん」

「急いで突入《とつにゅう》を！　減ったならその分が集まっている場所が必ずある！」

疑問に答えたのはキリハだった。彼女は霊子力技術を扱う大地の民《たみ》の出身なので、こうしたケースも知識として知っていた。周囲の霊力が一時的に下がるケースは主に二つ。負の霊力と融合《ゆうごう》して消滅《しょうめつ》した場合と、その場の霊力が移動された場合だ。前者は確実に既に起こった後なのであまり心配は要らないが、問題は後者だった場合だった。霊力が移動させれた場合は、その移動させた——つまり集めた——霊力を使って、何かをするという事だからだ。そしてこの場所には死霊術と心術の研究が封印されていた。集められた霊力の使い道は幾つもあるが、死霊術や心術との相性《あいしょう》は悪夢と言っていい。キリハがすぐに突入を求めたのも無理もない。もし前者であったら、ああ良かったで済む。だが後者はそうではないのだ。

「コータロー、掴《つか》まるのじゃ！」

「どうするつもりだ⁉」

「こうするのじゃ！　アサルトレッド！」

キュンッ

腕輪《うでわ》がティアのコールサインを捉《とら》え、空中に黒い円盤《えんばん》を作り出す。それは時空に開けた穴。その向こう側から、目にも鮮《あざ》やかな赤に塗装《とそう》された金属の塊《かたまり》が幾つも出現する。それらはティアが身に着けている金属製のドレスに接続され、彼女《かのじょ》に空を自由に飛ぶ力と砲撃《ほうげき》戦《せん》の能力を与《あた》えた。その赤く塗装された金属塊《かい》はティアの金属製のドレス——コンバットドレスに取り付けるオプション装備の中で、彼女が一番気に入っているもの。強襲《きょうしゅう》用装備、アサルトレッドだった。

「おやかたさま、鎧を出します！」

続いてルースが腕輪を操作すると、ティアの時と同じように黒い円盤から孝太郎の鎧が出現する。孝太郎はそれらを見て驚《おどろ》きを隠せなかった。

「どうやって呼んだんだ⁉ 前の時は出来なかっただろう⁉」

以前フォルサリアにやってきた時は、空間歪曲《わいきょく》技術では宇宙船からフォルサリアに物を送る事が出来なかった。その為孝太郎にしろティアにしろ、地球から必要な装備を着ていったのだ。だが今はその出来ない筈の事が出来ている。孝太郎には驚きだった。

「簡単な事じゃ。我らの装備と転送装置をこちらに運んでおいた。今は友好国じゃし、状《じょう》況《きょう》が状況じゃしの」

今のフォルトーゼとフォルサリアは、友好的な関係を築いていた。また共通の敵が魔法を狙《ねら》っている事も分かっている。そこで対抗策《たいこうさく》としてあらかじめフォルサリア側にフォルトーゼの技術を運び込んでおいたのだ。フォルトーゼの兵器や空間歪曲技術に対抗するにはどうしてもそれが必要になる。そうした物の中に、きちんと装備を転送する技術が含《ふく》まれていた、という訳だった。

「おやかたさまの鎧や、コンバットドレスとオプション一式に関しては、わたくし達が来る時に一緒《いっしょ》に運び込んでおきました」

転送装置はブルータワーの倉庫の一角に設置され、そこからティアと孝太郎の装備が転送されてきた。それが不可能を可能にしたからくりだった。

「あいかわらず手回しが良いですね、ルースさん」

「言うとる場合か！　ゆくぞ！」

「分かってる！」

素早《すばや》く鎧を纏《まと》った孝太郎は、ティアが身に着けているアサルトレッドの後方、高速推進用のブースターユニットにしっかりと掴まった。アサルトレッドはティアのドレスのオプションという事になっているが、実際は小さい戦闘機を着ているに等しい。孝太郎が鎧の力だけを使って飛ぶよりも、こうしてアサルトレッドに掴まった方が速く移動できるのだった。

「あたしも行く！」

「仕方ない、私も行くわ！」

宙に浮《う》かんだ孝太郎とティアに、早苗と静香が続く。二人とも自力で飛べるので、ティアを追うのに不自由はない。もっとも推力の差で若干遅《じゃっかんおく》れそうではあったのだが。

「わたくし達はレインボゥハートの皆《みな》さんと一緒に、テントなどを調べながら参りますわっ！　何か問題がある様なら、すぐに連絡《れんらく》を下さいまし！」

厳密な話をすれば、クランには少女達全員を飛行させる技術がある。だが状況的に全員で行くのも適切ではなかった。レインボゥハートはただの軍隊ではない。愛と勇気、正義を掲《かか》げている。だからこの場所で何が行われているのかを突き止め、軍事力が行使されるに足る事情があったと、証明する必要があった。

「分かった！　そっちは頼む！」

「では参る！」

ゴォォォォッ

孝太郎が返事をしたかどうかというタイミングで、ティアはブースターを全開にした。せっかちなティアらしい行動だろう。ティアと孝太郎はまるで流星のような勢いで飛んでいった。

「ゆりか、残りのみんなをお願い！　私も里見君と行くわ！」

「わかりましたぁ！」

真希は言うが早いか愛用の杖を空中に放り投げた。そして自らも高く飛び、投げ上げた杖に横向きに座《すわ》る。その飛び上がる時の姿も、杖に座って飛んでいく姿も、熟練が感じられるしっかりした動きだった。

「……………ま、負けていますぅ………」

そんな真希の姿を見て肩を落としたのがゆりかだった。ゆりかは真希と立場が逆だった時に、果たして真希のように颯爽《さっそう》と飛んでいけたかどうかに自信が無かった。もたもたしながらしがみつくようにして飛んでいく姿しか想像できなかったのだ。やはり孝太郎が言っていたように、真希の方が魔法少女らしいのではないか、ゆりか自身もそう思い始めていた。

「何言ってるのゆりかちゃん。ゆりかちゃんには期待している人も多いのよ?」

「ええっ⁉　そうなんですかぁっ⁉」

落ち込みかけたゆりかだったが、ナナの言葉に目を輝《かがや》かせる。

「その証拠《しょうこ》にホラ、また差し入れが来てるわよ」

そんなゆりかにナナは出向先の同僚《どうりょう》から預かった差し入れを手渡《てわた》した。

「こっ、これはぁっ⁉」

それはネフィルフォラン隊の兵士達が、副隊長のナナの弟子《でし》であるゆりかと仲良くしたい一心で提供した、新型のガス弾だった。

『技術部から奪ってきた新型です。可能であれば、使《つか》い心地《ごこち》と欠点を教えて下さい。ネフィルフォラン隊一同より』

添付《てんぷ》されていたカードに記されたその一言が、兵士達の好意と向上心を浮き彫《ぼ》りにしてくれていた。

「……わ、わたしぃ、もう魔法少女無理かもしれませぇん……」

「ちょ、ちょっとゆりかちゃん!?」

そのガス弾とメッセージカードは、明らかに魔法使いへ向けられた差し入れではない。ではは何者に向けられた差し入れなのか――涙《なみだ》は溢《あふ》れ、ゆりかは前が見えなかった。

早苗は幽霊が居なくなったと言っていたが、墓地にはそもそも人間の姿がなかった。だからこの場所に残ったキリハ達が墓地に入っても敵の攻撃は皆無《かいむ》。そのまま無傷でテントの中に入っていく事が出来た。墓地には墓石の存在を無視するかのように大小様々なテントが立てられている。その多くは単純な発掘《はっくつ》の道具が詰《つ》め込まれた倉庫や、人員の宿泊《しゅくはく》の為のテントだった。しかし一部のテントには、魔法の儀式《ぎしき》に使う道具が数多く用意されていた。

「これはディスペルマジックの儀式化《ぎしきか》素材、こっちはアンチマジックフィールド、マジックプロテクションもあるわね――って、もしかしてこれ虚無《きょむ》変換機《へんかんき》!?　実物を初めて見たわ！」

その殆《ほとん》どが封印や結界、罠を破壊《はかい》したり無効化したり、擦《す》り抜けたりする為のもの。ナナでさえ驚愕《きょうがく》するレベルでそうした道具や触媒《しょくばい》が集められていた。

「嘘《うそ》っ!? ちょっとこれ聖カルナックの聖なる手榴弾《しゅりゅうだん》じゃないっ!?」

「ナナ殿《どの》、これらの用途《ようと》は？」

「おっとっと、ごめんなさい、えっと……間違いなくグレバナスの墓所を暴《あば》く為のものだと思うわ。他《ほか》の墓所ならここまでのものは必要ありませんから」

グレバナスに限らず危険な研究に手を染めていた魔法使いの墓所も、魔法で封印されている。だが封印の強さは危険度に合わせて決められるので、どれもグレバナスのものほど封印は厳重ではない。だから他の魔法使いの墓所を暴くのなら、ここまでの準備は必要ないのだ。やはりこの場所で発掘をしていた者は、グレバナスの墓所を狙っているので間違いないようだった。

「よし、ならばこの場所に三分の二を残して、証拠の保全を。残りの三分の一と我々で孝太郎達を追おう」

「おやかたさま達にもそう伝えます」

宿泊用のテントのベッドの数で、この場所の作業員の数は分かっていた。しかも殆どがただの作業員なので、孝太郎達とレインボゥハートの兵力の三分の一がいれば十分に制圧できる筈《はず》だった。どちらかといえば今必要なのは証拠を消されないように警戒《けいかい》する事だろう。高位の魔法使いが一人いれば、ただのテントなど呆気《あっけ》なく燃やされてしまうだろうからだった。

「キィ、わたくしと晴海はここに残った方がよろしいのではありませんの？」

「私もですか？」

「そうか、二人とも古代語が読めるのだったな」

「ああ！　私とクランさんは証拠保全のお手伝いが出来ますね！」

クランは上位古代語と下位古代語の翻訳《ほんやく》データを持っているので、翻訳機を使って古代語の資料が読める。晴海はアライアの記憶《きおく》の一部を持っているので、同じ事が出来る。この場所に集められた魔法の道具や資料には、時折古代語で書かれたものが交じっている。フォルサリアは既《すで》に現代語魔法が主流になっており、古代語は研究者しか読めない。同行している実戦部隊には数えるくらいしか読める者が居ないので、二人が残るのは適切であると思われた。

「それでは二人はこの場所に残って証拠保全の手伝いを」

「はい、分かりました」

「キィ達も気を付けて下さいまし。魔法なんていう非常識な技術――ぬぅぁぁあああぁぁあぁぁぁぁぁぁっ!?」

キリハ達がまさに出発しようとした、その時だった。クランが素《す》っ頓狂《とんきょう》な声を上げた。その顔は蒼白《そうはく》で、眼鏡が幾《いく》らかずり落ちて傾《かたむ》いていた。

「どうしたの、クランさん!?」

クランの様子は明らかにおかしかった。ナナはいち早くそれを察知し、クランの下《もと》へ駆《か》け寄《よ》った。

「こっこっ、ここで発掘をしている者達の目的は、グレバナスの研究を盗掘《とうくつ》する事ではありませんわぁっ!!」

「なんだと!?」

クランの悲鳴じみた声を聞き、キリハの目つきと表情が大きく変化した。そして振《ふ》り返《かえ》った彼女は、クランの手元に視線を落とす。クランは古代語で書かれた研究ノートらしきものを手に立《た》ち尽《つ》くしていた。

「真の目的はグレバナスの蘇生《そせい》っ!! しかも死霊《しりょう》魔法を使った、不死者としての蘇生だと書いてありますわぁっ!!」

グレバナスの信奉者《しんぽうしゃ》達は最初から盗掘など考えていなかった。信奉者はグレバナスの墓を荒らそうなどとは考えないのだ。彼らが考えていたのはグレバナスそのものの復活。それが出来れば、研究を盗掘する必要さえなくなる。彼らの望みはただ一つ、復活したグレバナスがフォルサリアに君臨する事だった。

グレバナスの墓所は巨大《きょだい》な石造りの建物だった。だが見えているのは入り口だけで、実際の建物は山の中に埋《う》め込まれた格好になっており、その真の大きさは想像するしかない。だが入り口の部分だけを見ても、縦横共に十メートルを超《こ》えている。だとすると中が狭《せま》い地下墓所であるとは思えなかった。

クランがグレバナスの信奉者達の真の目的に気付く前の段階で、孝太郎達は既にグレバナスの墓所に辿《たど》り着《つ》いていた。そしてルースから証拠を得たという連絡があったので、せっかちなティアは突入しようと息巻いていた。

「邪悪《じゃあく》な研究の封印《ふういん》なんぞ破らせはせぬ！」

「援軍《えんぐん》が来るまで待った方が良くないか？」

グレバナスの墓所の前までやって来るまで、人の姿は見なかった。おかげで特に妨害《ぼうがい》される事もなく、ここまでやってくる事が出来た。となると敵兵力は、既に墓所の中にいると予想された。キリハは突入を指示していたが、この状況を想定した訳ではない。孝太郎の経験で言うと、援軍の到着《とうちゃく》を待った方が確実な状況だった。

「しっかりせい、これはフォルトーゼとそなたの案件じゃぞ」

「うーん……」

孝太郎としては強引《ごういん》な攻《せ》めは避《さ》けたいところだったが、確かにティアの言う事にも一理あるように思えた。これは孝太郎とフォルトーゼ皇家が引き起こした事の後始末だ。また二千年前の最後の戦いの時に魔物が抱《かか》えていた黒い瓶《びん》の事を思うと、確かにすぐにも止めさせるべきだった。瓶がそのまま封印されていたらと思うとゾッとする話だった。

「あたし達だけでも大丈夫《だいじょうぶ》だと思うよ」

そんな孝太郎の迷いを消してくれたのは早苗だった。

「どうしてそう思う？」

「この中、そんなに人数は居ないみたいだから」

早苗が大丈夫だと思ったのは、地下墓所の中から感じられる霊力の数が少ないからだった。数にして十数人といったところだろう。この場所には早苗と孝太郎、ティアの他に真希と静香がいる。仮に何人か魔法使いが交じっていても、この顔ぶれで負けるような人数ではなかった。

「よし、行くぞ」

孝太郎は決断した。早苗の言う通りなら、可能な限り封印を守る事を考えるべきだと考えたのだ。

「そう来なくてはのう。コンバットドレスオプション変更《へんこう》、コマンドグリーン!」

キュンッ
ティアはニヤリと笑うとコンバットドレスの装備を変更した。アサルトレッドは飛行能力と砲撃戦に優《すぐ》れているが、屋内ではその強みは生かせない。情報収集能力と多くの状況に対応する武器が装備されたコマンドグリーンが適切だった。

「里見君、中の人数が少ない事が気になります」

真希は心配そうな表情を崩《くず》していなかった。普通《ふつう》に考えると盗掘なら多くの人員を投入して一気に片付ける筈。真希はそれをしていない事が気になっていた。

「そうだな……案外罠だったりするのかもしれないな」

孝太郎が思い付くのは、この場所に誘《さそ》い込んで伏兵《ふくへい》で襲《おそ》うといった罠。ルースの報告ではグレバナスの信奉者達はレインボゥハートの兵士達よりも数が少ないようなので、そうした罠で攻撃してくるのは有り得る話だった。

「藍華《あいか》さんは魔法の罠や、隠蔽《いんぺい》工作なんかに注意して貰《もら》えるかい？」

「分かりました」

「早苗とティアも頼むぞ」

「あいあい」

「分かっとる、多少は成長した」

真希が魔法を、早苗が霊力を、ティアが科学を。それぞれの得意分野で周囲の情報を収集する。何が起こってもおかしくはない。警戒をし過ぎるという事がないのが、魔法の世界の特色だった。

「苦手なのよね、この手のかくれんぼ的な感じ……」

幽霊にしろ、隠《かく》された罠にせよ、奇襲攻撃《きしゅうこうげき》にせよ、静香はドキッとさせられる事が苦手だ。ティアや孝太郎の後を追いつつも、静香は溜《た》め息《いき》を堪《こら》えられなかった。

ファオン、ファオン、ファオンッ
そんな時だった。突然《とつぜん》あたりに警報音が響《ひび》き渡《わた》った。

「きゃうううっ!?」

その突然の大きな音に、静香は悲鳴を上げながら首を竦《すく》める。気合いを入れ直そうとしたタイミングだったので、驚きは大きかった。

『里見孝太郎！』

「キリハさんか」

警報はキリハの通信によるものだった。重要な案件なので警報で注目を促《うなが》したのだ。

『突っ込め！』

「わかった！」

キリハの指示は明快だった。孝太郎はそれを聞いた瞬間《しゅんかん》に走り出していた。孝太郎にはキリハの指示を疑う理由はない。キリハが行けというなら、そうする必要があるのだと分かっているのだ。

「ナイトウォーカー！」

真希が走り出したのは孝太郎が走り出したのとほぼ同時だった。真希は孝太郎が行く場所へ何処《どこ》へでも行く。たとえそれが誤りであっても。だから彼女の行動は早かった。そして手の中の杖に魔力を込め、大剣《たいけん》に変える。突撃なら攻撃魔法よりは大剣が良いとの判断だった。

「コータロー、マキ!?　ええい、わらわ達も行くぞ！」

「うんっ！」

「もー、脅《おど》かさないでよキリハさんっ！」

ティアと早苗、静香も後に続く。三人とも既に臨戦態勢で、ティアは大型の銃《じゅう》を、早苗はサグラティンを構え、静香も半竜半人《はんりゅう》の姿に変化していた。

「それでどういう事なんだ、キリハさん⁉」

孝太郎は走りながら、鎧《よろい》の人工知能に通信を他の四人に中継《ちゅうけい》するよう命じた。おかげで後続の全員がキリハと孝太郎のやり取りを聴《き》く事が出来るようになった。

『グレバナスの信奉者達の狙いが分かった』

「どういう事だ？　研究の盗掘じゃないのか？」

『狙いはグレバナス本人だ。彼らの狙いはグレバナス本人の復活にあったのだ！』

「なんだとっ⁉」

キリハが口にした話は、孝太郎達を驚愕させた。だが同時に納得《なっとく》もした。キリハが何の前置きもなく突入を指示したのは、これが理由だったのだ。信奉者達の狙いが研究の盗掘であったなら、確実性を優先して援軍を待っても良かった。封印を解かれても囲んで倒し取り上げれば良い。だがこの理由なら確かに全速力で突入するしかない。封印が解ければすぐさま復活を試みるだろう事は明らかだから。敵の兵力も罠があるのかどうかも分からないが、復活の阻止《そし》は最優先だった。

地下墓所は広かった。だがそこには敵も罠も何も存在していなかった。そこかしこにグレバナスと共に葬《ほうむ》られた者達の棺《ひつぎ》があっただけ。孝太郎達は何の障害もなく最深部へ辿り着き、その巨大な扉《とびら》の前に立っていた。そこはこの墓所の玄室《げんしつ》、グレバナスの棺や研究が安置されている。孝太郎達の、そしてグレバナスの信奉者達の目的地だった。

『封印は破壊されているようだ。しかしどういう事だ……破壊の痕跡《こんせき》がない……』

静香と融合状態にあるアルゥナイアは、彼女の口を借りてそう語った。その時に扉を見つめる視線――やはり静香の目を借りて――も鋭《するど》かった。この扉に強力な封印が施《ほどこ》されていたのは、周囲と扉の劣化《れっか》具合の差で良く分かる。周囲の石壁《いしかべ》は数百年の時に耐《た》えていたが、表面が幾らか風化し、埃《ほこり》とカビに覆《おお》われていた。だが扉は違う。まるで昨日作られたかのように新しく見える。封印の魔法はあらゆる攻撃や干渉《かんしょう》を退ける。それが数百年にわたって扉を守って来たのだ。

「どういう意味ですか、アルゥナイア殿？」

『儂《わし》の語彙《ごい》では説明が難しい。マキ、代わりに頼む』

「はい……魔力の痕跡からすると、この場所の封印を解く為《ため》に、何度か違う方法を試した事が分かります。扉以外の場所にその痕跡が残っているんです。でも、扉には一切《いっさい》の痕跡が残っていません。ほんの僅《わず》かな魔力も感じません。まるで最初から何もなかったかのようです。正規の手段で開封《かいふう》しても、こんな風にはなりません。とても奇妙《きみょう》です」

仮に正規の手段で魔法の封印を解除した場合でも、扉に集中していた魔力は一気に消える訳ではない。熱した物が徐々《じょじょ》に冷めていくように、扉が開いた後も魔力はしばらくそこに残り、徐々に消えていくのだ。だが目の前の扉にはその魔力の残留がない。熱した物に喩《たと》えると、周囲には熱が残っているのに、扉だけ常温になっている状態と言える。魔力が残っているべき場所に何も感じられない。奇妙な状態だった。

「グレバナスを蘇《よみがえ》らせようというんだ、ダークパープルの時のように地獄《じごく》の門を開いたんじゃないか？」

孝太郎にはこの状態を引き起こすものに心当たりがあった。ダークネスレインボゥ、より正確にはダークパープルは恋人《こいびと》を蘇生させようと地獄の門を研究していた。魔法で地獄の門を開けば、混沌《こんとん》の渦《うず》の力を引き込める。そして孝太郎とヴァンダリオンの決戦の時には、宇宙戦艦《せんかん》の『青騎士《あおきし》』は混沌の渦の力で下半身を消滅させられている。それと同じような事がここでも起きたのではないか、孝太郎はそんな風に考えていたのだ。

『御名答《ごめいとう》。よく学んでいるね、青騎士君』

そんな時、あたりに年老いた男の声が響き渡った。

「その声は、まさか!?」

『ぬうっ!?』

孝太郎の背中に冷たいものが走った。アルゥナイアは同時に牙《きば》を剥《む》く。孝太郎とアルゥナイアには、その男の声に聞き覚えがあった。孝太郎は単に驚いただけだったが、アルゥナイアは驚いただけでなく、その瞳《ひとみ》に怒《いか》りを滲《にじ》ませていた。

「……………グレバナス……………」

『貴様………再び儂の前に現れて無事でいられると思うなよ!』

『覚えていてくれて嬉《うれ》しいよ、青騎士《あおきし》君。それに君はまさか………アルゥナイアか! これはなんとも奇妙な成り行きだ! さあ入ってくれたまえ二人とも、積もる話もあるだろう!』

ギィイイイイ
玄室の扉が重々しい音と共にゆっくりと開いていく。その向こうは暗かったが、扉が開き切ると同時に明かりが灯《とも》った。そのぼんやりと揺《ゆ》らめく明かりに照らされて、玄室の様子が露わになる。広さは端《はし》から端まで数十メートルあるだろうか。外周には研究機材や本棚《ほんだな》がぐるりと囲むように設置されている。そして玄室の中央には二メートルほどの大きさの棺が置かれており、それは既に蓋《ふた》が開いてしまっていた。そしてその前に、全身を覆うローブを身に着けた一人の男性の姿があった。フードに隠れて顔は見えなかったが、それがグレバナスである事は孝太郎には想像がついた。着ているローブにははっきりと見覚えがあったし、その立ち姿にもどことなく見覚えがあったのだ。

『ところで青騎士君、しばらく前から私の杖――――エンサイクロペディアが見当たらなかったのだが、もしかして君が持っていたりしないかね？』

そして玄室に入った孝太郎に投げ掛《か》けられた言葉。そこには本物のグレバナスでなければ知り得ない情報が含まれていた。だから孝太郎は確信した。目の前にいるのは、グレバナス本人で間違《まちが》いないと。

「以前は持っていたが、知人に提供して手元にはない」

孝太郎は最初、エンサイクロペディアをゆりかごにプレゼントした。だがナナの義肢《ぎし》を作る時に、左腕《ひだりうで》の骨の代わりに使う事になった。ナナが失った魔法を使う能力を蘇らせる為だった。

『やはり追放された時にフォルトーゼに残して来ていたか。道理でこちらで捜《さが》しても見当たらない訳だ。クックックックッ』

「……………」

　この時の孝太郎は、相手をグレバナスと確信しながらも、同時に僅かな違和《いわ》感《かん》を覚えていた。それを一番感じさせるのはグレバナスの笑い声だ。果たしてこんな笑い方をする男だっただろうか、そもそもこんな言葉遊びを好む男だっただろうか――――それらが違和感の出所だった。

『まあ、杖の事は良い。久しぶりだねぇ、青騎士《あおきし》君。それにアルゥナイアも。かれこれ七百年ぶりという事になるのかな』

『御託《ごたく》は良い。灰に還《かえ》る覚悟《かくご》は良いか？』

「お気持ちはお察し致《いた》しますが、ここは抑《おさ》えて下さいアルゥナイア殿。何があるか分かりません」

『ぬうぅぅ』

　姿は静香だが、アルゥナイアは牙を剥き出しにして怒りを露わにする。かつて魔法《まほう》で良いように操《あやつ》られていただけに、アルゥナイアのグレバナスへの敵対心は強い。孝太郎が止めていなければ、この時点で襲い掛かっていたかもしれない。

『どうも様子がおかしいと思っていたら、アルゥナイアは人に宿っていたか。道理でおかしい訳だ』

　グレバナスはそう言いながら二歩三歩と近付いてきた。そのおかげで周囲の光源との角度が変わり、フードの下の顔が露わになった。

「きゃあぁぁぁあぁぁぁっ⁉」

グレバナスの顔を正面からまともに見てしまった静香が悲鳴を上げる。

「グレバナス、お前ッ⁉」

孝太郎も驚き、咄嗟《とっさ》に身構えてシグナルティンの柄《つか》に手をかける。フードの下にあった

グレバナスの顔は、ミイラのように干《ひ》からびていた。

『ああ、驚かせてしまって申し訳ない。これは死者蘇生の代償《だいしょう》の一つなのだよ。生物とし

ては死んでしまっている身体を、魔法生物として動かしているのだよ』

グレバナスが得意としている魔法は死霊術と心術。元々彼は死者の蘇生や不死化に関し

て研究を進めていた。それは元々、世界の支配を望むマクスファーンの為だった。世界に

君臨する上で、最大の障害はやはり寿命《じゅみょう》。おかげでマクスファーンは世界を支配する上で

数十年という制限時間を負う事になった。死者を蘇らせたり、生物を不死化する研究は、

その制限時間を取《と》り払《はら》う為のもの。結果的に王権の剣の不死化効果を利用する事になって

この研究は不要になったのだが、この研究はあくまで友人の野望を叶《かな》えてやる為のものだ

った。だがその研究のおかげで、グレバナス自身がこうして復活する事ができた。そして

マクスファーンを蘇らせる事も出来るかもしれない。グレバナスにとっては幸運な誤算と

言えるだろう。

『今の私は知性こそ備えているものの、実際のところはゾンビやゴーレムに近い。魔法の専門用語ではリッチという存在だ』

死者を蘇生させる方法には幾つかの可能性が存在するが、グレバナスは魔法生物側からのアプローチを行った。それは朽《く》ちた身体に魔法をかけて魔法生物とし、そこに本来の魂《たましい》を固定するという方法だ。このやり方には大きく三つの利点がある。一つは完全な意味での蘇生ではないせいで、ハードルが幾らか低くなるという点。二つ目は魔法生物に生まれ変わるので、事実上永遠の命が得られる点。これに付随《ふずい》して、呼吸や食事が不要となり、毒や病気に対しても耐性《たいせい》が得られる。そして最後の一つは、身体が完全に魔法の産物となるので、魔法に関する能力が飛躍的《ひやくてき》に向上する点だ。これは生身の身体をアーティファクト――――高位の魔法の遺物――――に作《つく》り替《か》えるようなものだからだ。こうした三つの利点は邪悪な魔法使い達の目には、この上なく魅力的《みりょくてき》に映る。おかげで過去に何度も災厄《さいやく》を引き起こして来ているのが、この不死者化の魔法にまつわる暗い歴史だった。

「……代償の一つと言ったな?」

グレバナスはミイラのように干からびてしまった事を代償の一つと言った。だとしたら二つ目の代償がある筈だった。

『確かに。ただ、二つ目の代償に関しては、君も既に感じているのではないかね？』

「ああ。今のお前には違和感がある」

『やはりそうなっていたか。予想はしていたが、自分ではなかなか分からなくてね』

孝太郎には、今のグレバナスは性格が変わってしまったように感じられていた。グレバナスの言葉通りなら、それが二つ目の代償であるようだった。

「昔のお前はもう少し……理性的だったように思う。今のお前の性格はどちらかというとマクスファーンに近くなった気がする」

『この時代には本来の私を正しくイメージ出来る者が居なかったのだよ。もし君が私を蘇生してくれたのなら、もう少しマシだったに違《ちが》いないよ』

グレバナスは自らの性格が変化してしまったという事を、とても楽しそうに話した。それはとても恐《おそ》ろしい話の筈なのに。孝太郎の感覚では、グレバナスの理性的な部分が大きく削《けず》られ、代わりに狂気《きょうき》が加えられているように感じられていた。

「つまり……あなたの魂の欠損部分に、蘇生しようとする者達のイメージが流入してしまったのね」

『御名答だ、お嬢《じょう》さん。このフォルサリアにおいては、マクスファーン様の事はあまり知られていない。おかげで私が反乱を主導したかのように思われているのだ。そのイメージが私の魂に流れ込んでしまっているのだよ』

リッチ化は死者の魂を召喚《しょうかん》して魔法生物にした身体に固定する魔法だ。死者の魂は時間と共に劣化していくものなので、数百年前に死んだグレバナスは魂に多くの欠損部分があった。その欠損部分を残留思念で埋める事も出来るが、やはり限界はある。だからどうしても埋められなかった部分や、先入観で最初から埋めなかった部分には、蘇生を試みた者のイメージが流入する。今回の場合で言えば『グレバナスは反乱を首謀《しゅぼう》した大魔導士』というイメージが流入し、グレバナスをマクスファーンに似た性格にしてしまったのだ。

『厳密に言えば、混沌の力の影響《えいきょう》もあるだろうね。混沌はあらゆる事象の境界を曖昧《あいまい》にする。私とマクスファーン様の境界が曖昧になっているのだ。とはいえこれは私にとって喜ばしい事でもある』

「何故《なぜ》だ？　自分が失われているんだぞ？」

『私はマクスファーン様に憧《あこが》れていた。あの方のようになりたかったのだ。その私がマクスファーン様の要素を得て復活して、どこに問題があろう？』

「どうかしちまってるぞ、お前」

『そうでなければ反乱など起こさぬよ。おっと、私がしたのは反乱の手助けだったね』

「………道理だな」

ジャキ

孝太郎はシグナルティンの柄に手をかけ、ゆっくりと引《ひ》き抜《ぬ》く。グレバナスはそれを眩《まぶ》しげに眺《なが》めると、うっすらと笑った。

『旧交を温めるのはもうお終《しま》いかね？』

「ああ。お前が少しマクスファーンのようになって蘇った。目的は一つだろう？」

『そうだねぇ、出来ればマクスファーン様を蘇らせ、反乱の続きをしたい。しかし今は私一人だ。昔の私を知っている君やアルゥナイアと話をするのは楽しかったのだが……仕方あるまい』

ザッ

グレバナスの言葉が終わると同時に、玄室の闇《やみ》の中から多くの人々《ひとびと》が姿を現す。だがそれを人と言って良《い》いかどうか。

「ひっ」

静香はそれを見て小さく悲鳴を上げた。

『グレバナス、貴様また性懲《しょうこ》りもなく！』

アルゥナイアは激しい怒りを表に出す。

「孝太郎、生きてるのは三分の一くらいだよ！」

「残りはスケルトンとゾンビ。生きてる人には心術のオーラが見える！　操られているのよ！」

早苗と真希が現れた人々の内情を詳《くわ》しく教えてくれた。全体の三分の一、十体程《ほど》が動く骸骨《がいこつ》、いわゆるスケルトンだった。その手にこん棒や盾《たて》を構えており、白兵戦を主体に戦う。そして残りの半分が動く死体、いわゆるゾンビ。こちらは武装していないが、肉がついている分だけ打たれ強さに関してはスケルトン以上だ。最後の十人程はまだ生きていたが、その意思は奪《うば》われて操り人形になっている。この十人だけはその手に銃を構えている。彼《かれ》らは操られているだけなので、銃を使う事が出来るのだ。そして操られた十人は、広い範囲《はんい》にまんべんなく配置されている。これは孝太郎達が、広い範囲を攻撃《こうげき》する爆発物《ばくはつぶつ》のような武器を使えないようにする為《ため》だった。

「………三番目の代償って事か」

『その通り。死者の蘇生などという無茶《むちゃ》をしようというのだ。生《い》け贄《にえ》という第三の代償が必要になる。それをゾンビとして再利用した。効率的だろう？』

グレバナスの信奉者達が労働者を集めたのは、墓所の発掘をさせる事だけが目的ではなかった。墓所を掘《ほ》り出し玄室を発見した後は、生け贄として利用するつもりだったのだ。そしてグレバナスは復活後に生け贄をゾンビに変えた。一石三鳥だった。

『足りない分はここの骨を使ってスケルトンを作ったが、悪くないだろう？』

「その非道なやり口、本当にマクスファーンに似て来たぞ」

『確かに君の言う通りだ青騎士《あおきし》君。昔の私なら躊躇《ちゅうちょ》しただろう。実に喜ばしい事だ』

孝太郎の記憶の中のグレバナスは、まだ理性的な部分を残していた。最後の最後にマクスファーンが黒い瓶でフォルトーゼを滅《ほろ》ぼそうとした時も、一度は止めようとしていた。だが今のグレバナスにはそれがない。復活の代償、そして混沌との接触《せっしょく》が、彼の魂を歪《ゆが》めてしまっていたのだ。

「そんなお前をここから出す訳にはいかない。ここで再び眠《ねむ》りについて貰う」

孝太郎は剣の切っ先をグレバナスに向ける。孝太郎の剣はシグナルティン。魔法を分解する力を持つ。グレバナスが魔法の生物として生まれ変わったのだというのなら、シグナルティンはその天敵となる筈だった。やはりグレバナスは既に死んでいる。ここにいるグレバナスはその残骸《ざんがい》で作ったいびつな積木。会話をしてその思いを強くした孝太郎は、グレバナスの魔法を分解して倒《たお》す事に、微塵《みじん》も迷いはなかった。

『そうかね？　私は遠からず君達が道を空けてくれると思うのだが』

するとグレバナスを守るようにゾンビやスケルトン、操られた人々が集まってくる。グレバナスの方も孝太郎達と戦うつもりのようだった。そしてグレバナス自身も杖《つえ》を頭上に掲げる。

「そう易々《やすやす》とは通さん！　行くぞ、グレバナス！」

『やれやれ、気の早い事だ。それもまた、若さの特権か……』

死霊術と心術を得意とするグレバナス。歪んだ形で復活した彼を野放しにすれば、再び反乱を起こして天下を取ろうとするだろう。グレバナスがその為に何をするのか、孝太郎はそんな事は想像したくもなかった。だから孝太郎はそうなる前に、ここで決着を付けるつもりだった。

最初に攻撃を始めたのは、やはりティアだった。性格がせっかちで身体的にも素早《すばや》く、武器が銃《じゅう》であったからだ。孝太郎が走り出した直後には銃撃を開始していた。
ドンッ、ドンドンッ
コマンドグリーンの主な武器はアサルトライフルだ。ティアの正確な三連射は孝太郎の正面にいたスケルトンのうちの一体に襲い掛かる。それは額と顎《あご》、首に命中した。
「流石《さすが》に弱点は頭のようじゃの」

命中打を受けたスケルトンはバラバラになって石畳《いしだたみ》に散乱した。ティアはスケルトンの弱点は頭か心臓だろうと踏《ふ》んでいた。脳の機能を魔法に代行させるなら、当然頭の位置に置くだろう。ただし人間は心臓の位置に心があると考えるケースもある。だから最初に頭を狙《ねら》い、駄目《だめ》なら次は心臓の位置と考えた訳だが、頭の時点で倒せた格好だった。

『青騎士《あおきし》よりも気の早い者がいたか。どれ……』

グレバナスは杖を胸の前に突《つ》き出すと、呪文《じゆもん》の詠唱《えいしよう》を始める。まだ彼がフォルトーゼに居た頃《ころ》に習得した魔法なので、呪文は上位古代語だった。

『我《わ》が呼び声に応《こた》えよ、光と闇の精霊《せいれい》！　疾《と》く混じり、溶《と》け合《あ》い、世界より数多《あまた》の色を失わせん！　出《い》でよ、灰色の軍勢！』

グレバナスが発動させた魔法は幻影《げんえい》の魔法だった。それも至極《しごく》シンプルな、味方の軍勢を灰色の兵士の姿に統一するというもの。おかげで三十人程の軍勢全員の姿を変えても、グレバナスには大した消耗《しようもう》はなかった。

「ティア、下手に撃《う》つなよ!?」

「分かっておるわ！　一般《いつぱん》市民は殺しとうない！」

ティアは忌々《いまいま》しそうな顔をしながら武器のセレクターを変更する。これによりアサルトライフルの銃弾《じゆうだん》は非殺傷のゲル弾を発射するようになった。

「これでどうじゃっ!?」

ドンッ、ドンドンッ

再びティアは三連射。先程と同じく、その三連射は孝太郎に一番近い灰色の兵士に向かって吸い込まれていく。だが狙いは胴体《どうたい》。非殺傷兵器でも、普通の人間では頭に当たれば死んでしまいかねないのだ。

「駄目じゃ！　人間以外は胴では決定打にならん！」

不幸にしてティアが撃ったのはゾンビかスケルトンのようだった。全員が同じ姿なのでティアにはどれが人間なのか区別が付かなかったのだ。そしてゾンビやスケルトン相手では、非殺傷のゲル弾ではダメージが入らない。痛みや臓器への衝撃《しょうげき》で倒す武器は、生ける死者には全く無意味だった。

「藍華さん、何とかならないか!?」

この状況《じょうきょう》では孝太郎と早苗以外が危険だった。孝太郎はシグナルティンのおかげでどのタイプとも戦えるし、早苗は霊波《れいは》を見れば幻影には騙《だま》されない。だがティアと静香にはそういう手段がない。魔法少女である真希に対処できなければ、非常に危険な状況に陥《おちい》るに違いなかった。

「これで何とか！　トゥルーシーイング！」

真希は自分と静香、ティアの三人に、幻影を看破して真の姿が見えるようにする魔法をかける。すると三人の視界からは灰色の兵士が消え、元の姿が見えるようになった。

『ホウ、そのお嬢さんは魔法使いだったか。良く研鑽《けんさん》しているようだ。だが――』

「みんな後ろから敵が来るよっ‼」

早苗は後方からの奇襲《きしゅう》に気付き、警告の声を上げた。だが幻影とそれを見破った事に気を取られたティア達三人は僅かに反応が遅《おく》れた。

『きゃぁぁぁぁっ⁉』

三人の悲鳴が重なる。三人にはそれぞれ一体ずつのスケルトンが襲い掛かった。完全な不意打ちだった為、三人は攻撃をまともに食《く》らってしまっていた。幸運だったのは彼らの武器が劣化していて、ほぼこん棒くらいの意味しかなかった事。そうでなければこの時点で彼女《かのじょ》らは倒されていただろう。

『――魔法戦に関してはまだまだのようだ。もっと修行《しゅぎょう》を積むといい』

グレバナスは余裕《よゆう》を崩さず、そう言って笑った。全《すべ》てはグレバナスの策略だった。彼が操っている不死者と人間の中では、スケルトンが一番動きが速い。そのスケルトン三体に奇襲をさせる為に、大規模な幻影を作った。三体のスケルトンは幻影を被《かぶ》せられた後に、幻影をその場に残して物陰《ものかげ》に移った。幻影に気を取られた孝太郎達は、その三体を見逃《みのが》した。その結果がこれだ。真正面で向き合った状態からの奇襲。数十年に亘《わた》る魔術師としての戦闘《せんとう》経験は、真希達のそれを遥《はる》かに上回っていた。

「孝太郎、まずいよ！」

「分かってる！」

当然、後続が浮足立《うきあしだ》った孝太郎と早苗を、グレバナスが見逃す筈はない。残りの二十六人の灰色の兵士が一斉《いっせい》に孝太郎と早苗に襲い掛かった。

「愚《おろ》か者《もの》め！　この程度で早苗ちゃんを倒せると思ったか！」

早苗は悪人が言いそうな台詞《せりふ》を口にしながら、全身から霊力《れいりょく》の波動を放射する。その霊《れい》波《は》で周囲の敵を薙《な》ぎ払おうというのだ。

「俺《おれ》ごと攻撃するんじゃない！」

「大丈夫《だいじょうぶ》大丈夫。愛に不可能はないのっ！」

早苗は霊波を孝太郎のものに合わせて放射したので、波動は孝太郎を素通《すどお》りして周囲の敵にのみ襲い掛かった。

「でかした早苗！　無茶苦茶《むちゃ》だが……」

「ほっほっほ、どんどんいくぞー！」

とはいえ早苗の霊波は全方位に放出されているので、エネルギーの無駄《むだ》が多かった。おかげで連発して敵を接近させない程度の威力《いりょく》しかなかった。だがそれで構わなかった。

「これならやれる！」

孝太郎の剣が振り回されると、剣に纏《まと》わせた衝撃波《しょうげきは》が敵を吹《ふ》き飛《と》ばした。すると相手が人間であればそのまま倒れて気絶する。ゾンビやスケルトンであればシグナルティンの効果で最低でも幻影の魔法が解除されるし、当たり所が良ければゾンビやスケルトン自体を構成する魔法まで解除されて灰に変化する。無茶苦茶をやっているように見えて、早苗の攻撃は先の事を考えて行われている。一応、少しは大人になった早苗だった。

『無論、この程度で君達を倒せるとは思っていないよ。青騎士《あおきし》とその仲間達が相手なのだからね。きちんと準備をしている』

グレバナスはそう言いながら右手で杖を振り翳《かざ》し、左手で掌印《しょういん》を結んだ。

『留《とど》められし炎《ほのお》の精霊よ！　今こそ力を解き放て！』

ズドンッ

次の瞬間、玄室自体を揺るがす程の激しい揺れが起こった。

「孝太郎っ、魔法で攻撃されてる！」

「分かってる、だがどこから――――」

その時だった。周囲を見回した孝太郎の目が、近くにあった石の柱を捉《とら》える。その石の柱は玄室を支える数本の柱のうちの一つで、太さは一メートルを優に超える。その柱があろう事か、孝太郎達《たち》に向かって倒れ込んで来ていた。

――しまった、あの爆発《ばくはつ》は柱を倒す為のもの!!

孝太郎にしろ早苗にしろ、攻撃の直後ですぐには動けない。そんな二人に向かって柱が倒れ込んでいく。孝太郎が見ているのは一本だけだったが、実は孝太郎の背後でもう一本柱が倒れ込んで来ていた。グレバナスは二本の柱を同時に倒し、広い範囲を攻撃しようとしていたのだ。

『これで倒せれば助かるのだがね、青騎士《あおきし》君』

全てはグレバナスの策略だった。まずは孝太郎が良い位置《い》に来た段階で背後から奇襲をする。これにより一瞬《いっしゅん》動きが止まったところで、手持ちの兵力全てで包囲してしまう。そしてそこへ向かって柱を倒して攻撃する。孝太郎はシグナルティンを持っているので、正面から魔法で攻撃しても効果は殆《ほとん》どない。だが実在する石の柱で攻撃すれば、シグナルティンで無効化される恐れはない。青騎士の力を体験しているグレバナスだからこその策略と言える。彼はこうした罠《わな》を用意して、この場所で待っていたのだ。

ガゴォォォンンンン

十トンを遥かに超える重さの石柱二本が、孝太郎と早苗の上に倒れ込む。その様子をグレバナスはじっと見つめている。その表情には油断は微塵もない。敵の手強《てごわ》さ、そして気を抜くとどうなるのかは、グレバナスは誰《だれ》よりも知っていた。

『二度と儂を出し抜けると思うなよ、グレバナス』

ガラッドンッ

孝太郎と早苗の上に倒れ込んだ筈《はず》の柱がゆっくりと押《お》し退《の》けられる。それをやったのは静香だ。ただし今回は緊急《きんきゅう》時だったので、アルゥナイアがその身体を動かしていた。アルゥナイアの力をもってすれば、十トンを超《こ》える石柱を押し退ける事は決して難しい事ではなかった。

『アルゥナイアか……確かに君なら気付いても不思議はないね』

必殺の罠をかわされても、グレバナスはあくまで余裕を崩していなかった。アルゥナイアがいるので、最初からこうなるかもしれないと思っていたのだ。アルゥナイアは火竜帝《かりゅうてい》の名が示す通り、竜達の王。魔法に対する耐性も高い。グレバナスがアルゥナイアに魔法をかけて操る事が出来たのは、巧《たく》みな不意打ちと罠によってアルゥナイアの力を削《そ》いだからだ。アルゥナイアは今回もそうした事があるかもしれないと疑っていたから、孝太郎と早苗を救う事が出来たのだった。

「ありがと、怪獣《かいじゅう》のおじちゃん」

「助かりました、アルゥナイア殿《どの》」

『気を付けろ、あやつの武器は魔法だけではない』

「今ので良く分かりました」

グレバナスは、ゆりか並みに魔法を使い、キリハ並みに賢《かしこ》い、その前提で戦わないと危険だった。二千年前のグレバナスはアルゥナイアを操る事に魔力と注意力を割《さ》かれていたから、いまいち孝太郎にはその実力が伝わっていなかった。だが今はその力と頭脳の全てが孝太郎達と戦う事に振《ふ》り向《む》けられている。アルゥナイアを自由に操る事が出来た魔力と頭脳が、だ。油断ならない強敵だった。

「すまぬ、奇襲への対応に手間取った」

「もっと周囲の魔法に気を配るようにします」

石柱の罠を抜け出した孝太郎達の下《もと》へ、ティアと真希が合流してくる。落ち着いて戦えば三人の敵に負けるような少女達ではないのだ。ただ、そうしながらも二人とも周囲への警戒《けいかい》は怠《おこた》らない。ティアは銃を構えたままだし、真希は魔力を感知する魔法を使ってあたりを調べている。彼女《かのじょ》達を襲った奇襲から始まった石柱の罠には、心底肝《きも》を冷やされた。同じような失敗はこりごりだった。

「こっちの被害《ひがい》はなかったが……それは向こうも同じか」

『青騎士君、こちらは十四人失っているが』

孝太郎達に怪我《けが》は無かったが、実は石柱はグレバナスの灰色の兵士達を五人押し潰《つぶ》していた。ティアが撃った二人、孝太郎が倒した四人、奇襲に使った三人、合わせて十四人の兵力を失った事になる。だが今の兵力は再び三十人に戻《もど》っている。周囲に転がっている骨が次々と立ち上がってくるからだった。

「そうやって際限なく兵士を補充《ほじゅう》していたら、被害はないも同然だろう？」

『地の利という奴《やつ》だ。もっとも私の魔力は有限だから、被害は完全にゼロではないが』

「弱点を言ったって事は、事実上無限なんだろう？」

『君は賢くなったね、青騎士君。経験とは人を強くする。確かに……予想される戦闘時間と兵士の損耗《そんもう》速度から計算すると、事実上無限と言えるかもしれないね』

リッチに生まれ変わった事や多くの魔法の道具を所持している事で、魔力の総量が増しているグレバナスは、この先もしばらくスケルトンを作り続ける事が可能だ。地下墓所なので材料となる骨も沢山《たくさん》ある。そして孝太郎達との戦いは、勝とうが負けようが、それほど長くはかからない。事実上無限に作れるという孝太郎の指摘《してき》は真実なのだ。つまりグレバナス側も被害はゼロ。だからこそ兵士を犠牲《ぎせい》にするような戦い方が出来るのだった。

「力押しをすれば罠がある。かといって慎重《しんちょう》に進めても骨の兵士を作り続けられたらきりがない。お前ならどうする、ティア？」

「簡単じゃ。グレバナスだけを狙撃《そげき》する」

ドンッ
ティアは言うが早いかライフルを連射する。グレバナスが魔法でスケルトンを増やすなら、狙撃してグレバナス自身を倒す。あるいは呪文の詠唱を邪魔《じゃま》する。攻撃的《こうげきてき》でせっかちなティアらしい考え方だった。

『当代の皇女は決断が早いな。しかもこの時代の武器は脅威《きょうい》だ』

グレバナスの動きはさほど速くはない。これは元々老人であったのと、リッチというものの特性の影響だ。リッチは肉体的にはゾンビと似たものなので、同じぐらいの速度でしか動けないのだ。仕方なくグレバナスは使用する魔法を防御術《ぼうぎょ》に変更《へんこう》しつつ、灰色の兵士達に攻撃を命じた。

「良いぞ、ティア！　そのまま続けろ！」

「任せておけ！　そなたの主人は有能じゃ！」

グレバナスは灰色の兵士達を数人、人間の盾として使おうとした。だがティアの正確な狙撃は兵士達の隙間《すきま》を縫《ぬ》うようにして飛んでくる。その状況でグレバナスが使えたのは、発動させる為の呪文の詠唱が短くて済む、弱めの防御魔法のみ。他《ほか》の事をすると防御がおろそかになって倒されてしまいかねない。スケルトンを作る魔法は詠唱が長く、特に使うのは難しい状況だった。

「早苗と藍華さんは、グレバナスが妙《みょう》な手を打たないように警戒を！」

「里見君、私は⁉」

「俺と一緒《いっしょ》に前へ！」

「うん！」

『いよいよ儂の出番だな！』

グレバナスが玄室に仕《し》掛《か》けた罠があと幾《いく》つあるのかは分からない。だからどうしても早苗と真希にはそちらへの警戒をメインにやって貰《もら》う他は無かった。だから主に敵を倒す役目は孝太郎と静香だけになるが、弱めの敵が沢山いるという状況では、二人とも負ける心配はない。それぞれに剣《けん》と拳《こぶし》を振るい、次々と敵の数を減らしていった。

『さて、困った事になった……武《ぶ》闘《とう》派《は》の皇女とアルゥナイアとはな……』

この時グレバナスは自身の勝算が極《きわ》めて低いと考えていた。これは残りの罠を効果的に使った上での話だ。やはり復活直後という事もあり、敵の力を読み違えていたのだ。

グレバナスの誤算は大きく二つあった。一つはティアの戦闘能力を読み切れなかった事だ。グレバナスはクランの戦いぶりは見た事があったが、ティアのそれは次元が違った。

ティアは非常に高い身体能力を持ち、適切な武器で正確に攻撃してくる。グレバナスの読みでは、相手がクランであればまだ戦いようがあった。そしてこの状況を更《さら》に苦しくしているのが二つ目の誤算、アルゥナイアの存在だった。幾らグレバナスであっても、この時代のこの場所にアルゥナイアがいるとは思わない。人間に宿っているせいで力が下がっているとはいえ、火竜帝《かりゅうてい》アルゥナイアの爆発的《ばくはつてき》な戦闘能力は健在だ。リッチ化したグレバナスの魔力でも、その攻撃を防げる保証はなかった。

『このまま戦い続けると棺に逆戻《ぎゃくもど》りという事になるが……果たして……』

「グレバナス！　お前を地上へ出す訳にはいかない！」

『儂にやらせろ青騎士《あおきし》！　まさかこのような形で復讐《ふくしゅう》の機会を得ようとは！』

孝太郎と静香が兵士達を薙《な》ぎ倒しながら向かってくる。孝太郎はシグナルティンでゾンビだろうとスケルトンだろうと生身の人間だろうと、お構いなしに倒してしまう。静香は後方から早苗の支援《しえん》があったので、生身の人間を殺さないように戦う事が出来た。問題は罠だったが、冷静になった真希が適宜《てきぎ》指示を出していたので孝太郎達が罠にかかる事はなかった。戦いは孝太郎達の優勢だった。もう何十秒もしないうちに、アルゥナイアの爪《つめ》がグレバナスに届く。そんな時の事だった。

ファオンファオンファオンファオン

けたたましい警報音があたりに響《ひび》き渡《わた》った。それは孝太郎達が身に着けている鎧《よろい》や腕輪《うでわ》から発している警報で、その直後に自動的に通信装置が起動、聞き覚えのある声が飛び出してきた。

『おやかたさま、大変でございます！　ゾンビやスケルトンを主軸《しゅじく》にした軍勢が、王都トルゼに向かって進軍中であるとの報告が！』

声の主はルースだった。彼女の声はまるで悲鳴のようで、動転する様子がありありと伝わってきていた。また微《かす》かにだがナナやゆりかが早口で何かを話し合っている様子も聞こえてくる。ルース達は大混乱しているようだった。

「なんだって⁉　という事はグレバナスは――」

『そうだよ青騎士君。君達は陽動に引っ掛かっていたという事なのさ』

玄室《げんしつ》にグレバナスの声が響き渡る。だがこの時、既《すで》にグレバナスの姿は消えていた。孝太郎達の意識が通信とその内容に移った瞬間《しゅんかん》を見逃さず、グレバナスは闇の中に溶けるようにしてその姿を消していた。もしその時の彼を見ている者がいたら、その身体が灰色の霧《きり》、あるいは煙《けむり》に包まれて消えていくのを見ただろう。だが孝太郎達はそれを見逃した。

そして孝太郎達が気付いた時には、玄室には灰色の兵士の姿しかなくなっていた。

『青騎士君、おかしいとは思わなかったのかね？　この場所の発掘《はっくつ》をしていた者達はどこへ行ったのか？　ここに私しかいない理由は？　我々が追放される原因となった、あの黒い液体の入った瓶《びん》は何処《どこ》にある？』

そう、兆《きざ》しは最初からあった。この場所には百人以上の労働者が集められていた。だがこの場所には生身の人間とゾンビを合わせても二十人程しかいない。残りの八十人と、グレバナスの信奉者《しんぽうしゃ》達は何処へ向かったのか？　そしてここに一緒に封印《ふういん》されていた筈の危険な研究――黒い液体が入った瓶はどこへ行ったのか？　リッチに変じて毒と病気に耐性があるグレバナスが、瓶をここで使わなかったのはどういう事なのか？

「王都トルゼを――いや、フォルサリアを滅ぼす気か⁉」

『その通りだ青騎士《あおきし》君。私とマクスファーン様の目的を覚えているだろう？　その目的を果たす上で、平和になったフォルサリアは最大の障害の一つ。だから滅んで貰う事にしたのだよ』

グレバナス、正確にはマクスファーンの目的はフォルトーゼを支配する事。だがグレバナス達がフォルトーゼで蜂起《ほうき》した時、レインボゥハートは黙《だま》っていないだろう。だとしたら、レインボゥハートを黙らせるのは今しかない。孝太郎達とレインボゥハートが気付いておらず、何より手元に例の黒い液体が詰《つ》まった瓶がある今しか。だからグレバナスは本隊に瓶を持たせ、自身はこの場で陽動を担当した。この場にグレバナスが居れば孝太郎達やレインボゥハートは安心すると踏んだのだ。そして結果はその通りになった。孝太郎達やレインボゥハートの主力をこの場所に釘付《くぎづ》けにしている間に、本隊は既に王都の傍《そば》まで進軍している。王都にもレインボゥハートの兵士が残っているが、必要なのはたった一人ないし一匹《ぴき》が、王都に入り込んで瓶を割る事だ。それで目的は達せられる。フォルサリアを滅ぼせれば御《おん》の字《じ》、しかしそうでなくてもレインボゥハートは治療《ちりょう》の為に何ヶ月、あるいは何年も動けなくなる。フォルトーゼで蜂起する十分な時間が稼《かせ》げる筈だった。

『さあどうするかね、青騎士君。ここで私を探して戦い続けるもよし、王都トルゼに向かうもよし。好きにしたまえ。そもそもフォルサリアは君が作った世界だ。未来は君が決めて構わんだろう』

姿が見えなくなったグレバナスの声が尚《なお》も玄室に響いている。既にこの部屋を脱出《だっしゅっ》しているのかもしれないが、魔法で声が届けられる距離《きょり》にいるのは間違いない。追いかけて捕《つか》まえる事は出来るかもしれない。だがその代償にフォルサリアが大変な事になるかもしれない。王都の兵力で、瓶を持った何人かの敵の侵入《しんにゅう》を防げるのかどうか。下手をすればフォルサリアそのものが滅びかねない。とはいえ今からトルゼへ戻って間に合う保証も無いのだ。グレバナスを逃《に》がし、フォルサリアも滅ぶという最悪のケースも考えられた。

「………みんな、ここで遊んでいる暇《ひま》はない。帰るぞ」

　だが、孝太郎は迷わなかった。フォルサリアはフォルトーゼの一部。だとしたらアライアの理想はここでも貫《つらぬ》かれるべきだ。大事なのは国民の生活。正義を貫く事ではない。グレバナスを倒す事より、国民を守る事が先決だった。

「いいの？　あのミイラじいちゃん逃げちゃうよ？」

「分かってる。ここで逃がせば、より悪い事が起こりかねない事も。それでも今、フォルサリアの人達が死んでいい理由にはならないと思うから」

　グレバナスを逃がせば、また黒い液体が入った瓶を作るかもしれない。他にもゾンビの大量生産、人を操り人形にする、恐ろしい事は沢山考えられる。だがそれらはまだ起こっていない。起こっていない危機を恐れて、今起こっているフォルサリアの人々の危機を見過ごす訳にはいかない。それよりはフォルサリアを救いに行き、後でグレバナス対策をみんなで考える方がずっと良い。それが孝太郎の判断だった。

「おじ様もそれで良い？」

『………仕方あるまい。ここでなおも復讐を望むのは帝王《ていおう》のやる事ではない。それは暴君がやる事だ』

　グレバナスには個人的に恨《うら》みがあるので、アルゥナイアは忌々しそうに表情を歪めていた。本当はグレバナスを逃がしたくはないのだ。だがアルゥナイアも考えは孝太郎と同じだった。フォルサリアの人々を、個人的な恨みの代償には出来なかった。

『……やはり、道を空けてくれたね、青騎士《あおきし》君』

「空けてはいないぞ」

『どういう事だね？』

「少し先に移動するだけだ。いずれ俺はもう一度、お前の道に立ちはだかる」

『そうならないように、準備を進めておく事にするよ』

こうして孝太郎達はグレバナスの玄室を後にした。本当の事を言えば、この撤退《てったい》は誰にとっても不本意だった。だがどうしてもやらねばならない事があった。孝太郎達は、王都トルゼへ向かうグレバナスの主力部隊を何としても止めなければならなかった。

帝王対王者　七月十日(日)

クランが古代語で書かれた研究ノートを読んで、信奉者達の真の目的がグレバナスの復活であると知った時、キリハは二つの事を考えた。一つは先行している孝太郎《こうたろう》達に援軍《えんぐん》を送る事。もう一つは既にグレバナスが復活していた場合についてだった。

そのどちらの場合であっても、とりあえず孝太郎達にはグレバナスの墓所に踏み込んで貰う必要があった。何としても復活を阻止《そし》しなくてはならないし、既に復活していた場合はその確認《かくにん》と彼の研究がどうなっているのかを調べる必要があった。そこでキリハは孝太郎達に突入《とつにゅう》して貰う事に決めたのだった。

キリハは孝太郎達に突入を指示しつつ、さしあたっての援軍を送った。そしてキリハは最悪の状況を想定して、周辺の調査を始めた。グレバナスが既に復活しているとしたら、一体どんな行動をとるだろうか？　友好的な行動ではない事は明らかだろう。一番大人しい行動であれば、何処《どこ》かへ逃げ去る。一番激しい行動であれば、フォルサリアへの攻撃。様々な行動が想定されたが、周辺の調査の結果、キリハはグレバナスの行動がフォルサリアへの攻撃であると結論した。

彼女がそう結論した理由は二つ。一つ目は発掘現場周辺にある車両が少な過ぎた事だった。あったのは人員を輸送する大型車両が二台だけ。それだけでは発掘現場の作業を回す事さえ難しい。土砂《どしゃ》や機材を運ぶ為のトラックやバン、グレバナスの信奉者達が移動する為に使う車両もあって然《しか》るべきだ。にもかかわらず、この場所には二台の大型車しかなかった。つまりグレバナスの信奉者達は本来ここにあるべき車両を使って、何かを移動させていると考えられた。そしてそれだけの車両が移動している場合、その痕跡《こんせき》を追うのは難しくはない。埴輪《はにわ》達はすぐに多くの車両が移動した痕跡を見付け出してくれた。その移動の痕跡は、レインボゥハートの部隊と遭遇《そうぐう》しないように、大回りをしながら王都トルゼへ向かっていた。そしてこの移動経路が、キリハがフォルサリアが攻撃されようとしていると考えた二つ目の理由だった。狙いが攻撃ではないのだとしたら、わざわざ大勢で王都トルゼへ向かう理由がない。王都トルゼの何処へ向かうにしろ、沢山の荷物を載せた車両の列は酷《ひど》く目立つだろう。それでは折角《せっかく》復活させたグレバナスがすぐに見付かってしまう。キリハにはグレバナスの信奉者達がそんな愚かな選択《せんたく》をするとは思えなかった。だとしたら見付かっても良い行動を取ったという事。それでいて出発時点では見付かりたくない行動でもあった。グレバナスとその信奉者達がやりたい行動の中で、その条件を満たす行動とは何か――キリハはそれを攻撃だと考えたのだった。

「ルースの無人機が連中を追跡《ついせき》している。今ならまだ間に合う」

「ふぅ……キリハさんが居てくれて本当に助かった。だがどうやって追う？」

合流したキリハから話を聞いた孝太郎は背筋が凍《こお》る思いだった。もしキリハが気付かなかったら、孝太郎達はグレバナスと戦い続けてフォルサリアが壊滅《かいめつ》するところだった。だが心配事は尽《つ》きない。どうやって追いかけるかが問題だった。兵員輸送車で追っても到底《とうてい》間に合わない距離だった。その手段についてはルースが説明してくれた。

「おやかたさま、まず無人戦闘機《せんとうき》を転送ゲートで送って攻撃し、車両の足を止めます。並行してこちらに戦闘艇《てい》を呼び寄せ、現地へ飛びます」

「そうか、ブルータワーに装備が運び込んであったっけ！」

「ふふふん、そなたの主人と副団長は優秀《ゆうしゅう》じゃ」

「転送ゲートはわたくしが設置したんですけれどね」

今後の事に備えて、フォルトーゼの転送ゲートをフォルサリアに設置していた事が幸いした。転送ゲートは人間を安全に移動させる為には事前に一時間程の調整が必要だが、無人の機械を送るなら調整の精度はそれほど必要は無い。失敗してもやり直せばいいだけだからだ。そこでルースは、転送ゲートで無人戦闘機を送って時間を稼ぎ、同じく転送ゲートでこの場所に呼び寄せた戦闘艇に乗って信奉者達を追う、という計画を立てた。日頃《ひごろ》転送ゲートを利用する事が多く、利点と欠点を知り尽くしたルースだからこそのアイデアだった。

「よし、すぐに攻撃してくれ」

「もうやっておる。たった今、道路を爆撃《ばくげき》したところじゃ」

ティアはそう言って自分が見ていた映像を孝太郎にも見せた。それは黒煙《こくえん》を上げている山間部の映像だった。ティアが操《あやつ》る無人戦闘機は山間部を走る道路を爆撃した。道路に直撃した爆弾《ばくだん》はそこに大きな穴を作り、道路は車では通れないようになっていた。ティアは少し前に同じ事をもっと手前でもやっていたので、信奉者達の車列は前後の穴に挟《はさ》まれる形となり、この場から動けなくなっていた。

「直接やっつけた方が良かったんじゃない？」

早苗《さなえ》が首を傾《かし》げる。孝太郎は小さく苦笑《くしょう》しながら事情を説明してやった。

「生身の人間も乗ってるんだぞ。それに例の黒い瓶の問題もあるからな」

「それもそーか」

キイィィィィン

そうこうしているうちに孝太郎達の傍に自動操縦の戦闘艇が着陸する。ティアが道を塞《ふさ》いだ事で信奉者達の車列は動けなくなったので、彼らは車を降りて歩くか何らかの手段で穴を塞がねばならない。どちらにせよこの戦闘艇で追う時間は稼げた格好だった。

「急いだ方が良さそうですわよ。連中、何か妙なものを呼び出しましたわ」

「これは⁉」

『山嶺《さんれい》王だ。ずっと、生きていて欲《ほ》しいと思っていたが……』

山嶺王ダールザカー。それはかつて、アルゥナイアと共にグレバナスに捕《と》らえられていた真竜《しんりゆう》。そしてダールザカーはアルゥナイアの古い友人でもあった。その行方《ゆくえ》は分かっていなかったのだが、数百年の時を経てフォルサリアに姿を現していた。

『まさかこのような姿となっていたとは！　おのれグレバナスッ！　次に会った時にはただでは済まさんぞ！』

一つだけ残念な事があった。ダールザカーは白骨化していた。グレバナスは死んだダールザカーを魔法《まほう》で蘇《よみがえ》らせ、使役《しえき》していたのだった。

アルゥナイアと同じく、ダールザカーも体長は二十メートルを優に超えている。また単純な腕力《わんりょく》ならばアルゥナイアをも凌《しの》ぐ剛力《ごうりき》の持ち主だった。それはスケルトンになった今も健在で、車を持ち上げるぐらいは朝飯前だった。だが持ち上げる力はともかく、壊《こわ》さずに運ぶという器用さに関しては多少の問題があった。もともとダールザカーは不器用な方で、しかもスケルトンになった事で知性は大きく減退している。魔術師がつきっきりで指示を与《あた》えなくてはならず、車を穴の向こうへ運ぶ事には手間取っていた。それでも穴を塞ぐよりはずっと早い。召喚《しょうかん》されてから十数分が経過した頃には、一部の大型車両を除いて殆どの車両を穴の向こうへ運ぶ事に成功していた。穴を越《こ》えられなかった大型の車両についてはこの場所に捨てていく事になるので、それらに搭乗《とうじょう》していた一部の兵力がこの場所に置き去りになる。だがその数はさほど多くはないので、残す人員を選べば戦力の低下は殆どない。それにそもそも、武力ではフォルサリアを制圧する程《ほど》の力はない。重要なのは黒い液体が詰まった瓶。それを王都トルゼに持ち込む事が出来るかどうか、そこに勝敗の行方がかかっていた。

『この儂《わし》がいる限り、貴様らが王都に辿《たど》り着《つ》く事は永遠にない！』

ズドォォン

そんな彼《かれ》らの前に立ち塞がったのが、赤い鱗《うろこ》を全身に纏った巨竜《きょりゅう》だった。巨竜は高空から無造作に飛び降りてきたので、その巨体が着地した瞬間に激しく大地を揺《ゆ》るがした。だが揺るがしたのは大地だけではない。覆《おお》い被さるようにして姿を現した赤い巨竜を前に、グレバナスの信奉者達の心は大きく揺れ動いた。

「なっ、何だコイツはっ⁉」

「赤い……真竜⁉」

「どこから来たんだ、こんな化け物⁉」

フォルサリアには知性の殆どない下級のドラゴンなら住んでいるが、知性と魔力を備えた真竜は確認されていない。ダールザカーに関しては、サリアシャールの古城の地下に白骨化して転がっていたに過ぎない。生きた真竜など誰も見た事が無かった。今、この瞬間までは。

『我が友ダールザカーの屍《しかばね》を弄《もてあそ》んだ罪は万死《ばんし》に値《あたい》する！　火竜帝《かりゅうてい》アルゥナイアの名において、貴様らを塵《ちり》に還《かえ》してくれよう！』

「かっ、火竜帝《かりゅうてい》だとぉっ⁉」

「あの伝説のアルゥナイアが、まさかっ⁉」

グレバナスの信奉者達は火竜帝《かりゅうてい》アルゥナイアの巨体と大音声《だいおんじょう》を前に、思わずその場に立ち尽くしてしまっていた。あまりの出来事に完全に思考が止まってしまっていたのだ。そのあたりは魔法を使えるといってもやはりただの人間だ。グレバナスのように堂々としてはいられなかった。

「大したもんだな、アルゥナイア殿の影響力《えいきょうりょく》は……」

アルゥナイアが敵の注意を惹《ひ》いてくれたおかげで、孝太郎達は何の妨害《ぼうがい》も受けずに彼らの背後に降り立つ事が出来た。これはアルゥナイアの影響力を期待しての陽動だったのだ。敵の一団の中には魔法使いが含《ふく》まれていると思われたので、無策で接近するのはあまりに危険。そこでアルゥナイアに一芝居《ひとしばい》うって貰った、という訳だった。

「確かに演技派じゃのう。あんな風にされては、冷静ではいられまいよ」

『それが演技でもないみたいよ』

静香《しずか》の声が孝太郎と少女達の心の中に直接届く。それは少女達の額に刻まれている剣の紋章《もんしょう》を介《かい》した、心同士を繋《つな》ぐ魔法的な会話だった。孝太郎の額には紋章はないが、手にしているシグナルティンが同じ役割を果たしてくれていた。

『お友達がああいう風になってる訳でしょう?』

「そうだな、気持ちは分かるよ。友達があんな風になったら、怒《おこ》って当然だ」

孝太郎に置《お》き換《か》えれば、賢治《けんじ》が殺され、その骨が操られているようなもの。それを想像したただけで、孝太郎の胸にも大きな怒《いか》りが湧《わ》いていた。

『ってコトだから、おじ様、本気で行っちゃって良いわよ』

静香の内なる声は、今度はアルゥナイアに向けられた。アルゥナイアは普段《ふだん》、身体の自由を静香に任せているが、今回ばかりはそうではなかった。静香が巨大な竜の姿に変じた時点から、その身体のコントロールはアルゥナイアが行っていた。

『良いのか？　全力で行くと魔力の消耗《しょうもう》が激しいぞ？』

『この際それで良いわ！　私もこういうの大ッキライ！』

魔力を消耗すると静香の体重のコントロールが甘《あま》くなる。それは年頃《としごろ》の少女にとっては何としても避《さ》けたい状況だ。しかしそれは、無残な状況にある友達を助けてはいけない理由にはならない。たとえそれがずっと前に死んだ遺骨であろうとも。静香は自分の両親の遺骨が同じようにされたら、やはり全力で助け出そうとするだろう。だからアルゥナイアにもそうする権利があると思っていた。

『儂が宿った相手がお前で本当に良かった！　後で必ず礼はする！』

『そんなの要《い》らないから、どーんとやっちゃえ！』

『おうっ！』

巨体を揺らしながら、アルゥナイアはダールザカーに向かって突進《とっしん》した。ダールザカーの遺骨を傷付けるのは本意ではなかったが、スケルトンをただの骨に戻すには、魔力が集中している部位を破壊《はかい》するのが一番早い。今回の場合なら額の部分がそれにあたる。だからアルゥナイアは出来るだけ早くその部分を破壊し、ダールザカーに安息を取り戻してやるつもりだった。

『グオオォォォォォォッ!!』

ダールザカーも咆哮《ほうこう》と共に前に出た。スケルトンになってはいても、山嶺王の名を冠《かん》する真竜。その名の通り山のようにも思える巨体で大地を激震《げきしん》させながら、ダールザカーはアルゥナイアを迎《むか》え撃《う》った。

「アルゥナイア殿が突撃《とつげき》した！　俺達も行くぞ！」

「くれぐれもあの中央の小型トラックだけは傷付けないようにして欲しい」

「ああ！　俺もまだ死にたくないからな！」

アルゥナイアの動きに呼応して、孝太郎達もグレバナスの信奉者達の一団に攻撃《こうげき》を開始した。孝太郎の狙《ねら》いはキリハが傷付けないように言った、小型のトラック。そのトラックだけは荷台のコンテナが冷却《れいきゃく》仕様になっている。非常に高い確率で、そのコンテナに問題の黒い液体が詰まった瓶が格納されている筈だった。

孝太郎達にとって一番の難題は、いかにしてグレバナスの信奉者達を一度車から降ろすかという点にあった。車両を丸ごと破壊してしまうと、問題の瓶が破壊される恐《おそ》れと、行方不明だった労働者達を殺してしまう恐れがあったからだ。

そこで道路を破壊して通行不能にし、一度車を降りざるを得ない状況《じょうきょう》を作ろうとした。作戦はダールザカーの登場というイレギュラーで頓挫《とんざ》しかけたものの、それでもダールザカーが車を移動させる時には軽くする為《ため》に乗員は車から降りる事になった。おかげで孝太郎達は辛《かろ》うじて攻撃のチャンスを得た。ここで敵の兵力を無力化し、冷却仕様の小型トラックを押さえる事が出来れば、孝太郎達の勝利だった。

ドゴォンッ

二十メートルを超える巨体同士の激突《げきとつ》は、雷鳴《らいめい》を思わせる程に激しく重々しい音を辺りに響かせた。両者は互《たが》いに腕《うで》を前に突《つ》き出《だ》して組み合ったのだが、それだけでは勢いを殺し切れない。合わせて数十トンに及《およ》ぶ二体の巨竜の激突は互いの身体に大きな衝撃《しょうげき》を与え合い、その身体を支える足の下にある岩盤《がんばん》をあっけなく踏《ふ》み砕《くだ》かせた。そしてこの激突で生じた音は、遥か王都トルゼまで響いていた。

その周囲を圧する姿と音のおかげで、孝太郎達が敵に接近する時間を稼ぐ事が出来た。だが敵も魔法使いの集団なので攻撃に対する備えがあり、孝太郎達は完全な奇襲《きしゅう》を行う事は出来なかった。

「後方より接近してくる魔力を感知！　爆撃してきた連中かも知れません！」

「目視で確認、兵力はおよそ二十！　くそっ、あと少しだったのに！」

「正面の真竜は囮《おとり》だ！　ダールザカーに任せろ！」

「敵の動きは速いが、数は少ない！　落ち着いて対応しろ！」

グレバナスの信奉者達には、真竜とレインボゥハートが連携《れんけい》して襲《おそ》ってくる発想が無かった為に多少の混乱はあった。だが彼らにもダールザカーという切り札があったので、早々に立ち直った。それに彼らは自分達が勝つ為の条件が、孝太郎達を倒《たお》す事ではない事を良く知っている。黒い液体が入った瓶を、王都まで運べばいいだけなのだ。そこで彼らは思い切った手段に出た。飛行型の魔物を召喚し、黒い瓶を運ばせようというのだ。

「やはりそう来たか」

「里見《さとみ》さんの予想通りでしたね」

ナナは敵の動きを読んでいた孝太郎に感心する。そうしながら自らも銃《じゅう》を抜《ぬ》き、安全装置を解除する。彼女《かのじょ》の銃はオーヴァーザレインボゥという名の、魔法の弾《たま》を発射する特別製の銃だった。

「連中が七百年前というか、二千年前にも使った手ですからね」

「大昔からやり方が変わっていないっていうのは、魔法使いとしては怠慢《たいまん》ね」

「ナナさんが連中の味方だったら、今頃大変な事になっていましたよ」

グレバナスの信奉者達は飛行型の魔物を召喚、総勢十体の魔物が問題の小型トラックに近付いていく。その十体が瓶を抱《かか》えて飛び、王都まで運ぶのだ。地上を通らず、しかも撃ち落とせば瓶が割れて中身が拡散する。実行されれば非常に危険だ。孝太郎達は走って接近中だが、その行動を阻止できるほど近くにはいない。にもかかわらず、孝太郎とナナは呑気《のんき》な会話を続けていた。その理由はすぐに明らかとなった。

「なんだっ⁉」

「ウィングデーモン達が次々と⁉」

トラックのコンテナに近付いた魔物達《たち》が、前触《まえぶ》れもなくバタバタと倒れていく。その様子は、まるであやつり人形の糸が突然全《すべ》て切れたかのようだった。

「攻撃されているんだ‼」

「グアッ⁉　お、俺達も………」

強烈《きょうれつ》な眠気《ねむけ》を誘《さそ》う無色透明《とうめい》なガスが、知らぬ間に忍《しの》び寄《よ》って来ていた。アルゥナイアだけでなく、孝太郎達さえ囮《おとり》にしたこの攻撃に、事前に気付いた者はいなかった。対策が何もない十体の魔物は呆気《あっけ》なくこの攻撃に倒れていた。

「流石《さすが》ゆりかちゃん、この手の攻撃は芸術的ね」

「師匠《ししょう》が良かったからじゃないですか？」

「あら、お上手ね、里見さん。とはいえ、術者の方は止め切れなかったみたいですね」

「やっぱり魔法使い相手ではいつものようにはいかないか」

ガスを操っているのはゆりかだった。その師匠であるナナは弟子《でし》の戦果に満足しながらも、油断なく敵の様子を観察していた。ゆりかのガスで魔物達は倒れたものの、それを呼び出した魔法使い達は倒せていない。これは魔法使い達はそもそも魔法への耐性《たいせい》が高い防具を身に着けていた事と、魔物達が倒れていくのを見て対抗措置《たいこうそち》を発動させた者が多かった事による。これまでは地球人やフォルトーゼ人、大地の民《たみ》が相手だったのでガスだけで倒せるケースが大半だったが、流石にフォルサリアの魔法使いが相手となると話はそう単純ではなかった。

「ここはゆりかちゃんの師匠と保護者が頑張《がんば》りましょう」

「友達も来てくれていますよ」

『タイニーメモリーフラッシュ・モディファアー・エリアエフェクト』

孝太郎の影《かげ》から染《し》み出《で》るようにして姿を現した真希《まき》が、いつもは接近戦で使っている魔法を広範囲《こうはんい》に拡大して発動させた。

「なんだっ⁉」

「ウィングデーモン達が次々と⁉」

「攻撃されているんだ‼」

「グアッ⁉　お、俺達も……」

すると魔法の対象となった敵は数秒前の行動を繰《く》り返《かえ》し始めた。真希が使ったのは数秒間の記憶《きおく》を消去する魔法だが、結果的に呪文《じゅもん》の詠唱《えいしょう》を止めたり、気付かずに行動を繰り返す事になるので先が読めたりと、戦闘《せんとう》をとても有利にしてくれる。この時も防御魔法の詠唱を止め、その防御魔法を使う者が誰《だれ》なのかが分かった。真希は愛用の杖《つえ》を大剣に変化させると、まっしぐらに防御魔法を詠唱する筈《はず》の信奉者《しんぽうしゃ》に向かって突っ込んでいった。

「真希さんを見ていると、現役《げんえき》時代の私を思い出すわ」

ナナはそう言いながら手にした銃で倒れた魔物を撃っていく。召喚された魔物は魔力で仮の身体を作ってこの世界に現れる。撃たれた魔物はその仮の身体を失い、自分達の世界へと戻っていった。

「それはスカウトして正解でしたね」

孝太郎はナナにそう言い残すと真希の後を追った。そして真希と一緒に信奉者達と戦い始める。すると孝太郎と真希は長年連れ添《そ》ったダンサーのように息の合った動きを見せ始めた。お互いの死角を庇《かば》い合い、攻撃をする時には協力して敵の防御を崩《くず》す。時には剣を、時には魔法を。ありとあらゆる手段で、滑《なめ》らかに敵を排除《はいじょ》していった。

「さとみく――――そう、次は剣が――――剣で――――」

「足場の――――本気で、藍華《あいか》さ――――魔法を――――はねあげて――――」

この時二人は一応言葉でやりとりをしていたのだが、動きが速過ぎて言葉がおいてけぼりになっており、ナナにはそれが意味のあるやりとりには聞こえなかった。それでいて二人は一糸乱れぬ剣舞《けんぶ》を続けている。お互いが何を考えていて、次に何をするのかが分かっている、ナナにはそうとしか思えなかった。

――――この真希さんを引き出すには、里見さんが必要みたいだけど……スカウトしたらレインボゥハートに入ってくれるかしら、里見さんは……。

孝太郎は単独では魔法が使えない。常に道具頼《だよ》りだ。だがこの真希の真の力を引き出せるのは孝太郎しかいない。前代未聞《ぜんだいみもん》だが、魔法が使えないのに魔法少年として、孝太郎をレインボゥハートにスカウトすべきかもしれないと、ナナは真剣に考え始めていた。

孝太郎と真希、そしてナナの三人が敵の魔法使いと戦っているのは、この三人が魔法使い相手の戦いに秀《ひい》でているからだった。孝太郎の場合はシグナルティンのおかげだが、真希とナナは長い事そういう事をしてきた経験が彼女《かのじょ》達にその能力を与えていた。

そうやって三人が魔法使いを抑《おさ》えてくれている間に、残りの七人の少女達と、辛うじて連れて来れた十人のレインボゥハートの兵士達が、ゾンビやスケルトンといった信奉者達の軍勢と戦う事になっていた。早苗やティアといった力押《ちからお》しが得意な者や、多数の敵と戦う時に力を発揮するルースやクランはこちらが適任だった。

「敵の総数が確定しました。合計百三十六人です」

ルースが迫《せま》り来るグレバナスの信奉者達の軍勢の総数を報告する。この軍勢は総勢百三十六人。その大半がスケルトンとゾンビなので、爆発物《ばくはつぶつ》や連射型の武器で一気に倒してしまいたいところなのだが、一つ問題があった。その集団の中に、一握《ひとにぎ》りの生身の人間が紛《まぎ》れ込んでいたのだ。彼らは行方不明事件の被害者《ひがいしゃ》で、幸運にもグレバナス復活の生け贄《いにえ》にされなかった者達だ。彼らには何の罪もなく、ただ強力な心術で操り人形にされている。その狙いはレインボゥハートやティア達に爆発物や連射型の武器を使えないようにする為と、車両の運転や武器の使用など、スケルトンやゾンビに出来ない事をさせる為だった。しかも百三十六人全員に、玄室のそれと同じく、灰色の兵士の幻術《げんじゅつ》が被《かぶ》せられている。接近して詳細《しょうさい》に分析《ぶんせき》すれば見分けはつくのだろうが、距離を取ったままでは見分けがつかなかった。

「どうするのキリハ、もたもたしてたら押し切られるかもしんないよ!?」

珍《めずら》しく早苗が焦《あせ》っていた。今回の灰色の兵士の幻術は、早苗の霊視《れいし》でも見通せない。やはり接近すれば見分けはつくだろうが、簡単にやらせては貰えないだろう。彼らは小型トラックから瓶を持ち出す為に、数に任せた力押しで来る可能性も高かった。

「心配ない。手はある」

キリハにはこの状況をひっくり返す策があった。しかもかなり自信があり、彼女の表情には余裕《よゆう》が感じられた。

「嫌《いや》ですぅ！　絶対に嫌ですぅ！」

だがその策の要となる人物は、策の実行を拒《こば》んだ。おかげでキリハの表情からはほんの少しだけ余裕が薄《うす》れた。

「頼《たの》む、一番効果的な策なのだ」

「だから嫌なんですぅ！　これ以上活躍《かつやく》したらぁ、私絶対に魔法少女の立場を失いますぅっ！」

既にキリハは策の中心となる人物——ゆりかに策を伝えていた。それを知っているからこその抵抗《ていこう》でもある。ゆりかは首を大きく横に振《ふ》り、自慢《じまん》のツインテールがぶんぶんと左右に舞《ま》った。

「でもゆりかさん、やらないと魔法の国がなくなりかねませんよ？」

「ウッ」

晴海《はるみ》の指摘《してき》にゆりかの動きがぴたりと止まる。ゆりかも本当は分かっている。分かっていても決断を下せないでいたのだ。

「どっちを取ってもアイデンティティの崩壊《ほうかい》か……憐《あわ》れよのう」

「笑い事ではありませんわ、ティアミリスさん」

「ユリカを笑ったのではない。天才というのは、状況によって困った事になるのだなぁと思うてな。わらわも経験があったから、思わず笑ってしもうた。そなたも少なからず経験はあろう？」

「それは確かに……そうですわね」

ティアもクランも似たような経験はあったので、同情的だった。だが状況は刻一刻と悪くなっている。二人としても、ゆりかにはどうしてもやって貰《もら》わねばならなかった。

「可能な限りここでの戦いの情報は伏《ふ》せる。約束しよう」

「でもぉ……」

「あんたここでフォルサリアを見捨てた上で、魔法少女を名乗れるつもり？　ダークネスレインボゥになるなら別だけど」

「う、うぅ……わ、わかり、ましたぁ……」

散々迷ったゆりかだったが、この早苗の言葉で覚悟《かくご》が決まった。フォルサリアを見捨てれば、根本的なところで魔法少女の道を踏み外す。ゆりかが頭上に掲《かか》げる魔法少女という旗だけは、どうしても汚《けが》す訳にはいかなかった。その隣《となり》に、より大きな別の旗が立つ事になろうとも。

「もうっ、どうにでもなれぇぇぇぇぇっ!!」

そしてゆりかは遂《つい》に投げた。直径数センチの、金属で出来た円筒《えんとう》を。いや、もしかすると投げたのはゆりか自身のアイデンティティかもしれなかった。

ドォンッ

それは吸い込んだ者の呼吸を阻害《そがい》し、一時的に行動不能にするガス弾。ゆりかがたびたびネフィルフォラン隊から貰っていた、プレゼントだった。

「成功した！　ティア殿《どの》、攻撃を！」

「よくやったユリカ、褒《ほ》めてつかわす！」

ゆりかが投げたガス弾が炸裂《さくれつ》した辺りに向かって、ティアがアサルトライフルを連射する。それによって灰色の兵士が次々と倒れていった。

「どんどんいきますよぉっ!!」

「あたしにもやらせてっ！」

やけくそになったゆりかと、やたら楽しそうな早苗は、次々とガス弾を投げていく。そして他《ほか》の少女達やレインボゥハートの兵士達がその場所へ向けて攻撃、敵を次々と倒していった。少女達とレインボゥハートの攻撃には手加減はなく、殺傷用の武器や魔法での攻撃が行われていた。

「逆転の発想ですね。素晴《すば》らしいです、キリハさん」

「ゆりかがネフィルフォラン隊と仲が良くて助かった。ゆりかの手柄《てがら》だ」

これはゾンビとスケルトンの特性を利用した策だった。ゾンビもスケルトンも既《すで》に肉体的には死亡しているので、呼吸は不要、毒物にも耐性がある。つまりガス弾の影響《えいきょう》を受けるのは生身の人間だけだった。そしてゆりかが使ったのはフォルトーゼから持ち込まれた最新式のガス弾で、効果は高く、しかも副作用や後遺症《こういしょう》などもない。魔法で操られた人間だけがガスの影響を受け、その場に倒れる。立っているのは全《すべ》てゾンビとスケルトン。それを連射型の武器や魔法で倒してしまえばいい、という寸法だった。

『自立行動のアルゴリズムが単調だホー！』

『戦闘に特化させてコストダウンを図《はか》った弊害《へいがい》だホ！』

ゾンビやスケルトンは基本、指示されて戦うだけの知性しか備えていない。複雑な思考が出来るようにはなっていないのだ。スケルトンに交渉《こうしょう》や、ゾンビに料理を任せる者は居ないだろうから、当然と言えるだろう。おかげでゾンビとスケルトンは、ガスを吸った人間と一緒《いっしょ》に身を伏せるという、単純な回避《かいひ》行動を取る事が出来ない。

だが本来なら魔法使い達がゾンビやスケルトンに指示を出してしまうので、キリハの策はさほど大きな戦果は得られない。しかし肝心《かんじん》のその指示が出ない。孝太郎達に抑えられている為だ。おかげでゾンビとスケルトンは急激にその数を減らしていた。

「早苗ちゃんっ、五個ほど一気にガス弾のピンを抜く事は出来ますか⁉」

「できるよ！　今⁉」

「今ですぅ！」

「せーのっ！」

ピピピピピンッ

早苗は五個のガス弾を空中に投げ上げると、一旦《いったん》それらを霊能力で空中に保持、それからやはり霊能力で五個のガス弾から同時に安全装置のピンを引き抜いた。

「ショートテレポート・モディファー・エリアエフェクト・ミニマム！」

後は投げるばかりとなったガス弾に、ゆりかが魔法をかける。すると次の瞬間《しゅんかん》、空中に浮《う》いていたガス弾が全て同時に消《き》え失《う》せた。それは短距離《たんきょり》の瞬間移動の魔法で、消えたガス弾は直後に灰色の兵士達がいるあたりに出現した。

ドンッ
ガス弾は出現時に数メートル間隔《かんかく》で整列しており、同時に五ヶ所で発生したガスは多くの灰色の兵士達を効果範囲《はんい》に収めていた。

「やるなユリカ！　流石じゃ！」

「人間を飛ばす訳ではないから安全性は無視でき、詠唱時間も魔力も大きく節約される。複数同時に飛ばせば討《う》ち漏《も》らしも少ない……この組み合わせの発想はなかった。どんどん続けて欲しい！」

ゆりかのテレポートガス弾攻撃《こうげき》は、ティアとキリハから絶賛された。無論それは二人だけが感じたものではなく、周囲にいる少女達はもちろん、レインボゥハートの兵士達も強く感じていた。我《わ》がブルータワーのアークウィザードは、才能の方向性こそ違《ちが》うが、やはり伝説のレインボゥナナの弟子。魔法と化学兵器を組み合わせる事で、人命を尊重しつつ

効率良く敵を倒す、天才化学使いである――――ゆりかはこの戦いの中で、完全にブルータワーの兵士達の心を掴《つか》む事に成功していた。彼らの士気はうなぎ上りで、ゆりかに負けじと敵を打ち倒していった。

「大活躍《だいかつやく》だね、ゆりか！　次いくよ！」

「ああどうか、この活躍が外部に漏れませんように………」

それに対してゆりかの士気は下がる一方だった。だが彼女の戦果と評価はひたすら上がり続けている。ゆりかの希望が叶《かな》うかどうかは、怪《あや》しい所だった。

魔法使い達と戦う孝太郎と不死者の軍勢と戦うティア達は、優勢に戦いを進めていた。だがスケルトンと化した山嶺王ダールザカーと戦うアルゥナイアと静香は苦戦を強《し》いられていた。今のダールザカーにはスタミナ切れが無い。ずっと同じペースで戦い続ける事が出来る。それは不死者となった強みだった。しかも、ダールザカーの強みはそれだけではなかった。

『オオオオオオッ!!』

アルゥナイアは爪《つめ》と牙《きば》、そして尻尾《しっぽ》まで使った連続攻撃を繰り出した。魔力が溢《あふ》れ炎《ほのお》を纏《まと》った攻撃は一つ一つが必殺の威力《いりょく》を持ち、恐るべき速度でダールザカーに迫る。

『ゴアアアァァァァッ!!』

だがダールザカーも負けていない。両腕《りょううで》の爪を振り回して爪と牙を防ぐと、尻尾で打とうと旋回《せんかい》中のアルゥナイアに向かって大地震《おおじしん》の魔法を放った。この魔法はダールザカーが生前から得意だったもので、アルゥナイアの足場を砕きその体勢を崩した。

『ムゥッ、またか⁉』

『ガアアァァァァッ!!』

そしてダールザカーは両腕でアルゥナイアを捕《つか》まえると、思い切り投げ飛ばした。

ガッ、ガリガリガリィィィッ

体重が重いだけにそのまま大地に叩《たた》き付《つ》けられれば大惨事《だいさんじ》だったが、アルゥナイアもそのままやられてしまうほど弱くはなかった。翼《つばさ》を使って空中で姿勢を立て直すと、大地を踏み砕きながら着地して難を逃《のが》れた。そしてアルゥナイアとダールザカーは再び距離《きょり》を取って向かい合った。

『やはり何かおかしい』

アルゥナイアはそう言ってダールザカーを睨《にら》み付ける。この時アルゥナイアは、ある確信を強めていた。

『どうしたの、おじ様？』

アルゥナイアの様子に気付き、静香は理由を尋《たず》ねる。身体のコントロールをアルゥナイアに任せていたので、この時の静香は完全に戦いを見守っている状態だった。その静香にはアルゥナイアが何を問題視しているのかが分からなかった。

『あれはダールザカーだ』

『その筈よね？』

『そういう意味ではなく、動きまでダールザカーそのままなのだ。しかも儂の動きを先読みしてくる。いつものあやつの得意な形に持っていかれてしまうのだ』

『えっ⁉　有り得るのそんな事って⁉』

静香にもアルゥナイアが何を気にしているのかが分かってきた。目の前にいるのは山嶺王ダールザカーの遺骸《いがい》を利用して作られた竜の形をしたスケルトン。だが、それにしてはあまりにも本来のダールザカーらしく戦う。魔法も格闘《かくとう》戦の技術も、そしてアルゥナイアの癖《くせ》を読む事までも。そこに不死者としての無限のスタミナが加わり、しかも常に冷静。アルゥナイアはかつて互角《ごかく》だった相手に苦戦を強いられていた。

『分からん。だから魔法に詳《くわ》しい者に訊《き》いてみてくれんか』

アルゥナイアはそう言いながら身構える。ダールザカーが向かって来ていたのだ。ダールザカーはアルゥナイアが謎《なぞ》を解くまで待ってはくれないようだった。

ドカァッ

再び両者が激突する。戦う力は互角でも、スタミナには違いがある。このままでは遠からず押し切られる。もしこの場所で小型トラックを破壊され、瓶《びん》の中身が流出したら、直接王都に持ち込まれる程ではないにしろ被害《ひがい》は出る。何らかの対策が必要だった。

『分かった、待っておじ様！　………藍華さん、今話をする余裕はある？』

静香は額の紋章を活性化させると、真希に呼《よ》び掛《か》けた。魔法に関する知識ならナナが一番だろうが、額の紋章で直接話せる相手の中では真希が一番だった。

『大丈夫《だいじょうぶ》です、どうしたんですか？』

『おじ様が骨の竜の動きがおかしいって言うの。どうも元のダールザカーさんの技や癖がそのままみたいで』

『スケルトンを作る場合、問題は身体の動かし方を教える方法なんです』

幸い真希にはスケルトンに関する知識があった。スケルトンを作る魔法は死霊《しりょう》系に属しているが、身体を制御《せいぎょ》する方法が一部心術系であり、真希の得意分野だったのだ。

『人間のスケルトンであれば、術者の身体の動かし方をコピーすれば事足ります。でも人間以外の場合はそれが出来ません。オオカミやフクロウのような使い魔として一般的《いっぱんてき》な動物は既に公式化された制御魔法がありますが、真竜となるとそうもいきません。多分、ダールザカーさんの魂《たましい》をそのまま利用しているんじゃないかと思います』

真希の答えは明快だった。ダールザカーの骨はそのままではスケルトンとして動かす事が出来ない。骨格の形や神経の経路が違うので、一般的な動物の骨の制御モデルが使えないのだ。そこでこのスケルトンを作った者は、ダールザカーの魂を召喚して骨格に縛《しば》り付け、身体を動かす為の制御魔法の一部として利用した。だから生前のように行動し、アルゥナイアの癖も知っている。つまりアルゥナイアが感じていた疑問は、自由はないが本人がそこに居るから生じていたという訳だった。

『おのれグレバナスめ！　またしてもこのような非道な真似《まね》を！』

アルゥナイアはかつて、自身もグレバナスの一派に使役されていた経験を持つ。それが繰り返され、しかもスケルトン。ダールザカーが旧友であったという事もあり、その怒りは激しく燃え上がった。そんな目も眩《くら》むような怒りに衝《つ》き動かされ、アルゥナイアはダールザカーに向かって力任せの突撃をしようとした。

『おじ様、駄目《だめ》よ！　焦って突っ込んだらやられてしまうわ！』

だがそれを静香が止めた。感情的になれば、常に冷静でスタミナが無限にあるダールザカーには敵《かな》わない。返り討ちに遭《あ》うのは目に見えていた。

『ならばどうすればいいのだっ⁉　儂にはあの状態のダールザカーを放っておく事など出来ん‼』

一旦脚《いったんあし》は止めたものの、アルゥナイアはすぐにまた走り出しそうだった。やはり友達が非道な目に遭っているのを黙《だま》って見てはいられなかった。

『私を使って！』

『何⁉』

『もしおじ様の動きの中に私の動きが混じれば、ダールザカーさんは私達の動きを読めなくなる、そうでしょうっ？』

『そうか、その手があった！』

ダールザカーがアルゥナイアの動きを読めるのは、良く知っている相手だから。だとしたらそこに全く知らない静香の動きが混じれば、ダールザカーも先読み出来なくなる筈だった。

『格闘戦は任せて！　おじ様は遠距離《えんきょり》戦と飛行に集中を！』

『気を付けろ、シズカ！　単純な格闘戦はヤツの方が強い！』

スタミナの事を忘れて大きな枠《わく》でとらえると、アルゥナイアとダールザカーの総合的な強さはほぼ互角だった。だがダールザカーは魔法や飛行よりも格闘戦が得意だった。身体能力が高く、格闘戦では真竜《しんりゅう》の平均的な強さを大きく上回っていた。それに対してアルゥナイアは全ての能力が同じくらい得意だ。だから格闘戦に限ってはダールザカーには及ばないのだった。

『大丈夫よ、おじ様! 向こうのチームワークはバラバラだけど、こっちは違うでしょう?』

『そうだな、お前の言う通りだ!』

今のアルゥナイアには静香の技が宿っていた。二人は互いの力を合わせて戦えば、決して負ける事はないと信じている。それは間違《まちが》いなく、アルゥナイアだけの強さだった。

『行くぞ、シズカ!』

『うんっ!』

アルゥナイアは空手の構えと歩法で十数メートル進んでから、翼を大きく羽ばたかせて宙を舞い、ダールザカーに向かって突っ込んでいった。

『いいぞシズカ、奴《やつ》め、戸惑《とまど》っているようだ!』

この時のダールザカーは一瞬《いっしゅん》だけ動きが止まっていた。アルゥナイアが言う通り、記憶にない動きをされて行動を決めかねていたのだ。結局ダールザカーが選択《せんたく》したのは消極的な防御《ぼうぎょ》。突撃を受け止めてから反撃をしようとしていた。

『おじ様、火を吐《は》いて！』

『奴には効果が薄いぞ？』

『視界を塞《ふさ》ぎたいのよ！』

『了解《りょうかい》！』

　バシュウゥゥゥゥゥゥッ
　相手が防御からの反撃を狙っているので、そうさせない工夫《くふう》が必要だった。静香が考えた工夫はアルゥナイアの火炎《かえん》。だが静香の狙いは、どちらかというと相撲《すもう》でいうところの猫騙《ねこだま》しに近かった。

『一気に決めろ！　長引けば向こうが有利になる！』

『ハアアァァァァアッ!!』

　ダールザカーの意識を火炎に向けさせつつ、側面に降り立ち、死角からの裏拳《うらけん》。それは静香の狙い通りにダールザカーの頭に吸い込まれていった。

『グオォォアァァァァッ！』

『浅いか!?』

　だがダールザカーもただではやられてくれない。頭と右腕《みぎうで》を動かして、回避と防御を試みる。火炎に気を取られていたおかげで完全に防げはしなかったが、ダールザカーは辛《かろ》うじて直撃を避けて持《も》ち堪《こた》えた。

『反撃が来るぞ！』

『大丈夫、見えてるわ！』

次はダールザカーの番だった。目の前にいるアルゥナイアに向かって爪を振るう。身体が傾《かたむ》いていたので、もし彼《かれ》が人間であればこのタイミングでは攻撃出来なかっただろう。人間とは違って尻尾でバランスが取れるから出来る攻撃だった。

『あなた、独学でここまで来たのなら大したものだわ！』

ガッ

裏拳の回転の勢いをそのまま使って身体の向きを入れ替えると、静香は左腕をダールザカーの手首に押し付けるようにして爪による攻撃を受け止めた。

ガンッ

『でも！』

静香の防御の動きは、ダールザカーの一撃を受け止めた直後から、攻撃の動きへと変化していく。左腕は爪に押されて内側へ流れる。静香はそのまま左腕を畳《たた》むようにして身体ごと前進、ダールザカーの胸に思い切り肘《ひじ》打《う》ちを叩き込んだ。

『ゴアアァァァァァッ!?』

アルゥナイアの全体重を乗せたその一撃は絶大な威力があった。直撃を受けた胸骨は叩き折られ、ダールザカーは衝撃で二歩三歩とよろめく。生身の身体であれば重傷だっただろう。

『おじ様！』

『任せておけ！』

言うが早いか、アルゥナイアは大きく口を開く。

カッ
すると辺り一帯を白い光が覆《おお》い尽《つ》くす。それはアルゥナイアの口から放たれた火炎の息だった。その息はあまりに高い温度だったので、既に火炎というよりは光の柱のように見えていた。

『ガァァァッ!?』

光の柱はダールザカーの右胸の辺りを貫《つらぬ》き、背骨の近くを通り抜けていく。もしこの一撃が背骨に当たっていれば、上半身と下半身が分かれてしまい、アルゥナイアと静香の勝利だったかもしれない。絶好の機会を失った格好だが、アルゥナイアと静香は落胆《らくたん》していなかった。むしろその逆で、その顔に笑《え》みを浮かべていた。

『いけるぞ、シズカ！　ダールザカーはお前の動きを読めていない！』

『もう一度行くわよ、おじ様！　これで決める！』

二人は攻撃が当たった部位がどうこうよりも、ダールザカーが二人の動きについてこれないでいる事の方を重視していた。攻撃が当てられるなら、ラッキーヒットが起こらなかった事などどうだっていいのだから。

『行けっ、シズカ！』

『うんっ！』

静香がアルゥナイアの身体を走らせる。それは真竜《しんりゅう》の走り方よりも、幾《いく》らか姿勢が高い人間の走り方だ。ダールザカーはアルゥナイアの中にいる静香の存在を知らないから、アルゥナイアがおかしな行動を取ったとしか考えない。理に適《かな》った別の動きであるとは思わないから、反射的に奇策《きさく》の類《たぐい》だと考えて攻撃魔法で牽制《けんせい》を仕掛《しか》けた。

『グウゥゥゥゥオォォアァァァァァァッ!!』

ダールザカーの攻撃魔法は激しい地震を起こすもの。それでアルゥナイアの奇妙《きみょう》な走りを妨害《ぼうがい》しようというのだ。

『シズカ、跳《と》べ！』

『はいっ！』

だがアルゥナイアの警告のおかげで、静香は地面が揺《ゆ》れ始める前に跳び上がった。自分で身体を動かす必要が無いから、アルゥナイアの予測は早くて正確だ。これも二人で戦うメリットの一つだった。

『たあぁあぁぁぁぁぁぁっ!!』

アルゥナイアは大きく翼を羽ばたかせ、身体の向きを変える。跳んだ勢いと角度、これまで一緒に暮らした経験から、静香が次に何をしようとしているのかはアルゥナイアには明らかだった。そしてその逆に、ダールザカーにはアルゥナイアの動きが分からない。静香が体得した空手の型など、ダールザカーには分かろう筈もなかった。

『これでぇっ、どうだあぁあぁぁぁぁぁっ!!』

静香が繰り出した攻撃は、跳ぶ勢いと全体重を乗せた飛《と》び蹴《げ》りだった。ドラゴンという種族は尻尾がある為に、そもそも蹴りで攻撃するという意識が薄い。尻尾の方が遠くまで届くし威力もあるのだ。ダールザカーもその例外ではなく、警戒《けいかい》していたのは尻尾と爪、あるいは体当たり。足だけが伸《の》びて来る打撃技《わざ》など、完全に意識の外だった。そしてアルゥナイアと静香の意図に気付いてから慌《あわ》てて防御に入ったが、その僅《わず》かな遅《おく》れが命取りとなった。

ゴシャアッ

静香が放った飛び蹴りは、ダールザカーのガードの上から命中した。だが遅れた分だけガードは甘《あま》く、静香の蹴りはガードごとダールザカーの胸板《むないた》に炸裂《さくれつ》した。その凄《すさ》まじい一撃はダールザカーの胸骨や肋骨《ろっこつ》を砕《くだ》き、その巨体《きょたい》を地面に叩き付ける。その衝撃《しょうげき》で背中の翼や腕の骨が砕け散《ち》り、同時に大地に大きなへこみを作った。これによって大きなダメージを受けたダールザカーは、へこみの中で動きを止めた。

『今よ、やっちゃえおじ様ぁっ！』

『おう！』

その千載一遇《せんざいいちぐう》の隙《すき》を逃さず、アルゥナイアはダールザカーの頭に生えている二本の角を掴んだ。アルゥナイアに捕まった事に気付いたダールザカーは、腕を振り回すようにしてそれを妨害しようとする。だが飛び蹴りで受けたダメージは重く、アルゥナイアの動きを止めるには至らなかった。

『オオオオオォォォォォォッ!!』

そしてアルゥナイアは二本の角を掴んだまま思い切り身体を回転させ、強引《ごういん》にダールザカーの身体を地面に叩き付ける。

ベキィッ、ガゴォン

それは首を折り身体を砕く、真竜族独自の戦闘《せんとう》技法だった。これにより首の骨が破壊《はかい》されたダールザカーは、ゾンビ化の魔法の中枢《ちゅうすう》である頭からの指令が身体に届かなくなり、まるで電池が切れたかのように動かなくなった。もっとも身体の方も再度地面に叩き付けられた衝撃でボロボロになっており、仮に首が繋《つな》がったままであっても動けたかどうかは怪しいものだった。

『何百年経《た》とうとも、お前は強かったぞ、山嶺王《さんれいおう》ダールザカー。………さらばだ』

最後の技が真竜族特有の技だったのは、アルゥナイアなりの手向《たむ》けだった。せめて真竜族らしく送ってやりたかったのだ。それからアルゥナイアはダールザカーの頭蓋骨《ずがいこつ》、その額の部分を破壊した。これによりそこに宿っていたスケルトン化の魔法は解除され、ダールザカーの魂は解放されたのだった。

山嶺王ダールザカーが倒《たお》されたのを見たグレバナスの信奉者達《しんぽうしゃたち》は、大混乱に陥《おちい》った。それもその筈で、ダールザカーは彼らの切り札であり、誰もがその勝利を疑っていなかった。だが結果はその逆で、勝ったのは火竜帝《かりゅうてい》アルゥナイア。そして自分達の切り札以上に強いものが襲《おそ》ってくるとあっては、冷静でいろというのは無茶《むちゃ》な話だった。

困った彼らはゾンビやスケルトン、心術で操《あやつ》っている人間をアルゥナイアに差し向けようとしたが、既に多くがティア達に倒されており、しかも残りは交戦中で思うように動かす事が出来なかった。

万策《ばんさく》尽きた彼らはその時点で降伏《こうふく》。そうなると自動的にゾンビやスケルトン、操られた人間達の軍勢も降伏という形になった。戦いはアルゥナイアがダールザカーを倒した事をきっかけに、ドミノ倒しのような形で決着したのだった。

たかいたかい　七月十二日(月)

　戦いが終わった後、真希《まき》はその場で立ち尽くしていた。彼女《かのじょ》はそこで戦場となった山間部の車道や、その周辺の様子を眺《なが》めていた。そこでは多くのものが破壊され、燃え盛り、黒煙《こくえん》を上げている。何より、かつてスケルトンやゾンビであったものの残骸《ざんがい》が、散乱していた。それらを眺めていると、真希の胸には深い悲しみの感情が溢れてくる。生き方を変えた今の真希にとっては、当たり前の感情だった。そして真希はもう一つ、これまでにはなかった感情が胸にある事に気付いていた。

「どうしたんだい、こんなところで」

「里見《さとみ》君……」

　そこへ孝太郎《こうたろう》がやってくる。真希が立ち尽くしている事に気付いて、呼びにやって来たのだ。真希の方が孝太郎に気付いたのは、声をかけられた時の事だった。

「……少し、考えていたんです。この胸にある感情は、何なのかなって」

「差《さ》し支《つか》えなかったら、聞かせてくれないかい？」

真希は放っておけばいつまでも黙って一人で悩《なや》み続ける。それが嫌だったから、孝太郎は真希に理由を訊《たず》ねていた。

「はい」

真希は素直《すなお》に頷《うなず》いた。真希の頭の中には、孝太郎に隠《かく》し事《ごと》をする発想がない。訊かれなかったから話さなかった、という事はしばしば起こるのだが。

「私は……戦っている間中、ずっと怒《おこ》っていました……」

「怒って？　最近の藍華《あいか》さんにしては珍しいね」

「そうでしたか？」

「ああ。最近の藍華さんはずっと……何というか、穏《おだ》やかで優《やさ》しかったよ」

「……」

孝太郎にどう見られていたのかを、予想していないタイミングで知らされた真希は、思わず顔を赤らめる。それは一人の女の子として嬉《うれ》しかったし、面と向かって言われると照《て》れ臭《くさ》かった。そして何より一人の人間として、自分にそういう生き方が出来ている事が嬉しかった。

「あ、ごめん、余計な事を言った。話を続けてくれ」

真希の様子に気付いた孝太郎は、失敗したと思って話題の修正を試みた。

「え、えと……はい……」

真希にしてみれば全く余計でも失敗でもないのだが、話が逸《そ》れたのは紛《まぎ》れもない事実。もう一度戦場を見回して気持ちを入れ替えると、真希は続きを話し始めた。

「戦っている時にふと……もし、ここで戦わされているゾンビやスケルトンの中に、私の両親が交じっていたらって、思ったんです」

真希の両親は十数年前に流行《はや》り病で死んだという。だが、あの墓地に埋葬《まいそう》されてはいなかっただろう。だから真希が言っているのは、あくまで仮の話だった。

「そしたら無性《むしょう》に腹が立って……それからずっと怒っていたんです」

「そうか……藍華さんはもう、御両親《ごりょうしん》を赦《ゆる》してあげたんだな」

「えっ……？」

孝太郎の言葉に、真希は目を丸くして驚《おどろ》いた。真希自身の視点では、自分を売った両親を恨《うら》んでいた筈《はず》だったから。

「そうじゃなきゃ、ここに両親が居たらって考えて、怒ったりしないさ。むしろ当然だと思ったんじゃないか？」

「私がもう……両親を……赦している……？」

真希は手の平を自分の胸にあてながら、再び視線を戦場に戻《もど》す。真希はしばらくそうやって考えていると、確かにそうかもしれないという気がし始めた。両親がどういうつもりで真希を奴隷《どれい》商人に売ったのかは分からない。今となっては確かめようもない。だが既に死んでいて、罪があったとしても罰《ばつ》は受けている。真希はそう思ったから、ゾンビやスケルトンという過剰《かじょう》な罰を想像して怒ったのだ。

「そうかも、しれません……」

真希がここで改めて自分に問い直すと、両親に対しては冥福《めいふく》を祈《いの》る気持ちしかなかった。もはや両親は、真希にとって復讐《ふくしゅう》の相手でも恨む相手でもなくなっていた。

「それで、怒《いか》りの方はどうなったんだい？」

「腹立ちは……治まりました。今はただ、ゾンビやスケルトンにされた人達が可哀想《かわいそう》だなって……」

「心配ないよ。この人達はレインボゥハートが責任をもって埋葬するって話だから」

「そうですか。良かった……」

「藍華さんはレインボゥハートになったんだから、手伝う事になるかもしれないね」

「その時はきちんと埋葬したいと思います」

真希はそう言って再び照れ臭そうに笑う。その笑顔《えがお》から感じられる彼女の気持ちが、孝太郎にはどこまでも美しく透《す》き通っているように思えた。

――今の藍華さんは出来過ぎだ……もっとこう……誰《だれ》かが気付いて、褒めてやらないと……。

今の真希は本当に愛と勇気の魔法少女だった。孝太郎には間違いなくそう見えていた。だがゆりかが日向《ひなた》のひまわりであるなら、真希は日陰《ひかげ》の名もなき花。彼女は目立たないようにそっと咲《さ》いていた。誰かが光を当ててやるべきだ。あるいは日当たりのいい場所に植え替えてやるべきだ。誰かが――

――誰かって……もしかして、今は俺《おれ》しかいないんじゃないか……？

孝太郎はようやくそれに気が付いた。藍色《あいいろ》の名もなき花が、ひっそりと花を付けているのを知っているのは、今は孝太郎一人だけ。光を当てられるのも、植え替える事が出来るのも、孝太郎一人だった。

「よっと」

だから孝太郎はいつかのように真希を抱《だ》き上《あ》げた。孝太郎は戦いが終わったばかりでくたくただったが、幸い鎧《よろい》の力があるので真希を抱き上げる苦労はない。彼女の身体は小鳥の羽根のように軽かった。

「きゃっ⁉」

突然《とつぜん》の予期せぬ出来事に、真希が小さく悲鳴を上げた。しかし真希は孝太郎に抱き上げられて困る事など何もない。強いて言えば近過ぎて照れ臭いというくらいだろう。だからすぐに悲鳴は途《と》切《ぎ》れ、彼女の真《ま》っ直《す》ぐな瞳《ひとみ》が孝太郎に向けられた。

「たかいたかーい」

孝太郎はそう言いながら、真希の身体を更《さら》に高く、頭上まで差し上げる。まるで小さな子供をあやしているかのようだった。

「里見君？」

意図を量りかね、真希は首を傾《かし》げた。すると真希の髪《かみ》がさらりと動く。そんな真希に孝太郎は笑いかけた。

「頑張《がんば》っている子は褒めて貰《もら》えるんだ。知らなかったのかい？」

「私はもう、小さな子供じゃないです」

「そうだね。でも、君は藍華真希だから」

君は藍華真希だから――孝太郎が口にしたその一言には、沢山《たくさん》の意味と思いが込められていた。出会ってから今日までの出来事、真希と両親の間で起こった事、真希が生き方を変えた事、他にもたくさんたくさん。二人の間に降り積もった沢山の想《おも》い出《で》が、孝太郎にその一言を言わせた。他に相応《ふさわ》しい言葉など、思い付かなかったから。

「……私にそんな事を言ってくれる人は、あなたしかいません」

ぽたり、ぽたり
孝太郎の額に水滴《すいてき》が落ちる。それは孝太郎が口にした言葉、そこに込められた意味と思いが、きちんと伝わったから起きた事だった。だからこそ、孝太郎はその水滴の存在に気付かないふりをした。

「みんな気付いてないけど、藍華さんはまだまだ子供なんだよ。全然子供。育ったのは見た目だけ。みんなその大人びた見た目に騙《だま》されてるんだよ」

「だったら……あなたが見守って下さい。私が本当に大人になるまで……」

「『まで』でいいのかい？」

「多分、その頃《ころ》にはとっくにおばあちゃんになっていると思いますから」

「はははは、敵わないな、藍華さんには」

「その代わり、私があなたを見守ります。ずっと……」

「……本当に、負けたよ……藍華さん……」

そうして二人は笑い合った。今の二人に必要なのは笑顔だけ。孝太郎と真希にはそれが良く分かっていたから、他の少女達が心配して様子を見に来るまで、その笑顔を崩《くず》す事は

なかった。

戦いに勝利した後、孝太郎達は一旦グレバナスの墓所に戻った。だがそこは既《すで》にもぬけの殻《から》になっており、グレバナスの姿は完全に消えてしまっていた。手掛《てが》かりも残されておらず、彼とその研究が何処《どこ》へ消えたのかは分からなかった。

『これで魔法の何たるかは理解して貰えたかと思うが』

「分かった、分かったともグレバナス！　魔法とは素晴《すば》らしいものだ！　だから叔父《おじ》は勝てなかった！」

分からないのは当然だろう。グレバナスはこの時、ラルグウィンのところにいた。灰色の騎士《きし》が両者を引き合わせたのだ。灰色の騎士は表立って行動せず裏で立ち回り、信奉者達を利用してグレバナスを復活させた。今回の事件はグレバナスを味方に引き込む事と、ラルグウィンに魔法の有効性を理解させるデモンストレーション、その二つの意味があった。結果的にその両方が成功したと言えるだろう。しかも孝太郎達はグレバナスとラルグウィンが手を組んだ事を知らない。灰色の騎士が信奉者達に手を貸していた事にも気付いていない。孝太郎達との攻防《こうぼう》という視点で見ても、やはり勝利と言える状況《じょうきょう》だった。

「そうとも。この魔法という、世界を組み替える力が、ヴァンダリオンの覇道《はどう》を阻《はば》んだ。しかしラルグウィン、お前は違う」

「そうだ、俺なら勝てる！　勝てるぞ、あの伝説の英雄《えいゆう》、青騎士《あおきし》に！」

ラルグウィンは遂《つい》に青騎士——孝太郎の力の謎を解く事に成功した。それも霊力《れいりょく》と魔法、双方《そうほう》をだ。そして自分にも伝説の英雄と同じ力が備わったという事実は、ラルグウィンを酷《ひど》く興奮させていた。それは彼が尊敬する叔父、ヴァンダリオンでさえ出来なかった事。また同時にそれは、ラルグウィンが青騎士に勝てるレベルに到達《とうたつ》したという事でもある。興奮するなというのも無理な話だった。

「グレバナス、例の瓶は幾つ回収できた？」

そんなラルグウィンをよそに、灰色の騎士はグレバナスと話を始めた。ラルグウィンとは対照的に、灰色の騎士には高揚《こうよう》した様子はない。淡々《たんたん》と話をしていた。

『三十八個です。全部で五十八個使用可能な状態で保存されていましたので、うち二十個をあの連中に持たせました』

「二十か……渡《わた》し過ぎたのではないか？」

『あまりに数が少ないと、青騎士達が怪しみます。それに一応は、私を復活させてくれた恩もありますゆえ』

「それもそうだな。仕方ない、中身は培養《ばいよう》して増やすとしよう」

『それが賢明《けんめい》でしょう』

実のところ、陽動はグレバナスではなく、彼《かれ》の信奉者《しんぽうしゃ》達の方だった。グレバナスの復活と黒い液体が入った瓶こそが、灰色の騎士の真の狙《ねら》いだったのだ。孝太郎達が嗅《か》ぎ付けるのが予想よりもずっと早かったので、信奉者に瓶を幾らか渡して陽動に使った。苦肉の策だった訳だが、結果としては上手《うま》くいったと言えるだろう。

『ところで騎士殿《どの》』

「なんだ？」

『ラルグウィン殿が、マクスファーン様の子孫だというのは本当ですか？』

「ああ。あの事件の後、マクスファーン家は取《と》り潰《つぶ》されたが、その血筋はヴァンダリオン家に受《う》け継《つ》がれている」

『という事は……「そのつもり」で宜《よろ》しいのですかな？』

「お前を蘇《よみがえ》らせておいて、『そのつもり』がないと思うか？　お前が何を望むかなど、明らかだろうに」

『恐《おそ》ろしい方だ……今も昔も……ただ、何があなたをそこまで変えたのか……』

この時の二人の会話は、強い緊張感《きんちょう》を孕《はら》んでいた。それだけでなく、二人の間にはぎくしゃくとした空気も感じられた。まるで歯車に砂が噛《か》んだようなやりとりだった。

「…………」

そんな二人に疑惑《ぎわく》の視線を送っている者があった。それはラルグウィンの部下、狙撃手《そげきしゅ》のファスタだった。灰色の騎士が姿を現してから、とんとん拍子《びょうし》で話が進んでいる。苦労していた青騎士《あおきし》の力の謎でさえ、あっという間に解けてしまった。ファスタはそこに不安を感じている。話が上手《うま》過ぎるように思えたのだ。灰色の騎士が言うように、ラルグウィン達の技術や兵力が欲《ほ》しいのだとしても、魔法をこんなにあっさりと無償《むしょう》で提供するものだろうか？　何か対価を求めて然《しか》るべきではないか？　そして死者の蘇生《そせい》と、伝説の大魔法使いの登場。灰色の騎士の行動の裏には、何かラルグウィンの想像を超《こ》えた危険が潜《ひそ》んでいるのではないか、ファスタはそう思わずにはいられなかった。それに灰色の騎士が一時の共闘《きょうとう》だと断言した事も気にかかる。いずれ裏切るつもりだ、という意味にも取れるからだ。

「そうかこれが魔法か！　ファスタ、お前にも特別製のライフルを作ってやるぞ！」

だがラルグウィンはファスタの懸念《けねん》と、彼女の様子がおかしい事には気付かずにいる。目の前に現れた魔法という新しいおもちゃに、完全に心奪《うば》われていたから。

「……ラルグウィン様……」

だからファスタは人知れず決心する。もしラルグウィンを囲む陰謀《いんぼう》があるのなら、それは自分が阻止《そし》しよう、と。

グレバナスの事は取り逃《に》がしてしまったが、彼の信奉者達が持ち出した黒い液体が詰《つ》まった瓶は無事に回収された。瓶は全部で二十本。そのうちの十九本は危険物処理施設《しせつ》で完全に焼却《しょうきゃく》された。残りの一本は念《ねん》の為《ため》に、厳重な監視《かんし》下にある危険物の保管庫にしまい込まれた。理由はグレバナスの研究が残されていたのと同じで、別の場所に黒い瓶が残されていた場合に備える為だった。そしてそれをもって、真希に与《あた》えられていた任務が終了《しゅうりょう》となった。任務の評価は優良。グレバナスを取り逃がしているので最高評価は付かなかったが、レインボゥハートもそれが不可抗力《ふかこうりょく》だという事を重々承知していた。また事件の全貌《ぜんぼう》が予想よりも複雑だった事を踏《ふ》まえ、備考欄《びこうらん》に評価は一段階高いものとしてその後の決定をするようにと書き加えられていた。つまり実質的には最高評価であり、真希はレインボゥハートの中級魔術師として、正式に採用されたのだった。

レインボゥハートの中級魔術師となった真希は、即座《そくざ》にころな荘《そう》一〇六号室へ派遣《はけん》された。正式な任務はゆりかのサポート。そして真希の指導をゆりかが行うという事になっていた。だが二人をよく知る者は、真希がゆりかを指導するんだろうなと思っていた。

そして真希はゆりかを手伝うという任務を与えられた訳だが、そのゆりかの任務は主に一〇六号室を守る事だった。それはシグナルティンがある場所というだけでなく、神聖フォルトーゼ銀河皇国・フォルサリア魔法王国・大地の民《たみ》の三者にとって、特別な意味がある人物の住居だからでもあった。また、しばしばそこで三勢力の秘密会談が行われる。その場所を守る事は、外交的にも非常に大きな意味があった。

しかしゆりかの任務はそれだけではなかった。彼女には他《ほか》にも重要な任務がある。それは吉祥春風《きつしようはるかぜ》市のパトロール。大事件が起こってフォルサリアの歴史が大きく動こうとしているが、魔法絡《がら》みの犯罪を取り締《し》まったり、それらを未然に防ぐ事は魔法少女として当たり前の任務だった。だからゆりかは時々真希やナナと一緒《いつしよ》にパトロールへ出掛《でか》けていく。この日もそうで、三人は夕食後にころな荘を出て、近所を一周するパトロールに出掛けていた。

「へぇ……里見さんがそんな事を……」

「いいなぁ……私にはたかいたかいなんてしてくれませんよぉ」

そうやって三人で出掛けると、大抵《たいてい》はお喋《しゃべ》りが始まる。無言で歩き回っているのが不自然だという事もあるのだが、三人だけの時にしか出来ない話もある。そういう話をするには、パトロールの時間は便利だった。

「ゆりかはいつも起こして貰ってるじゃないの」

「あれは起こして貰ってるというよりぃ、悪戯《いたずら》されてるんですよぅ！　熱かったり冷たかったり、息が出来なかったりぃ……ともかく毎日大変なんですからぁ！」

「私にもそういう事をしてくれる運命の人が現れないかしら……」

ナナは本当にゆりかが羨《うらや》ましいと思っていた。優秀《ゆうしゅう》過ぎたナナは、青春を何処《どこ》かに置き忘れたかのような人生を送っている。そんな自分にも素敵《すてき》な恋人《こいびと》が現れて欲しいと願うのは、仕方のない事だろう。

「運命の人はそんな事はしないと思うんですけれどぉ」

「でもゆりかちゃんは里見さんと離《はな》れるのが嫌《いや》なんでしょう？　借金は返し終わったのに押《お》し入《い》れから出ていかないんだもの」

「それは……はぃぃ……」

ナナに指摘《してき》され、ゆりかは頬《ほお》を赤らめて俯《うつむ》く。借金を完済したゆりかなのだが、その知らせを定期的に握《にぎ》り潰して生活している。今の彼女は必要のない貧乏《びんぼう》暮らしをしているのだ。あともう少しだけ、せめて高校を卒業するまでは、孝太郎の体温が感じられる距離《きょり》で暮らしていたかったのだ。

「借金がどうあれ、里見君が出て行けなんて言う訳がないじゃないの」

「うみゃあ～」

真希の声に反応して、ごろすけが一声鳴く。言葉の意味など分かっていないが、ごろすけは常に真希の味方だった。

「それでもそのぉ……なるべく手のかかる子でぇ、いたいかなぁ～なんて思ったりしてぇ～～」

「ふふふ、それもゆりかちゃんなりの愛なのね。本当に羨ましい」

ナナは本当にゆりかが羨ましかった。そして同時に安堵《あんど》もしていた。ゆりかは誤解されやすいので、幸せな毎日を送っているのはとても嬉しい事だった。

オオオオオオ
「……あら？」

そんな時だった。敏感《びんかん》なナナの耳に、小さな唸《うな》りが聞こえてきた。

「どうしました？」

「真希さんも聞こえない？　この妙《みょう》な唸り」

ナナは真希の質問に答えながら、左腕に意識を集中する。そこにはグレバナスの杖《つえ》、エンサイクロペディアが骨の代わりに埋《う》め込まれている。その力を使って、ナナは自分と真希とゆりかに、五感を高める魔法をかけた。

「見付けた！　あそこです！」

その直後、真希は頭上を指し示した。そこには真っ黒な夜空を背景に、一際輝《ひときわかがや》く光の点があった。それは最初、星であるかのように見えた。だがそれは時間の経過と共に、少しずつ大きくなっていた。

ゴオオォォォオオオオオオオォォォォ
「光がぁ………膨《ふく》らんでますぅ。なんでしょうかねぇ？」

「流星よ！　流星がここに落ちて来ているのよ！」

首を傾げるゆりかの横で、ナナが悲鳴をあげた。流星は普通《ふつう》、輝きを強めながら長い尾《お》を引いて落ちて来る。だが一つだけ例外があった。それは見ている者が流星の落下地点にいる場合だ。その場合、流星は尾を引かず、輝きだけがどんどん強くなっていく。尾は流星の背後にあって見えないからだった。

「みんなっ、逃げてぇっ!!」

「きゃあぁぁぁぁぁぁあっ!!」

「い～～～や～～～～～!!」

無敵の魔法少女も、流星には無力だ。三人はしばらく思い切り走ってから、物陰《ものかげ》に飛び込むようにして身を伏《ふ》せた。

ドォォォオオォオン
その直後だった。空からやって来た流星は、三人のすぐ近くに落ちた。だが三人が警戒していた爆風《ばくふう》はいつまでたってもやってこない。不審《ふしん》に思った三人は顔を上げると、流星の落下地点へ顔を向けた。

「あいたたたたたたぁ……」

そこには流星ではなく、一人の人間の姿があった。それも声からするとどうやら年若い少女のようだ。少女は身体に付いた埃《ほこり》を払《はら》いながら、ゆっくりと身体を起こす。すると近くにあった街灯が、その少女の顔を照らし出した。

『東本願《ひがしほんがん》さんっ!?』

真希とナナの声が綺麗《きれい》に揃《そろ》う。

「早苗《さなえ》ちゃんっ、どうして空から!?」

ワンテンポ遅れてゆりかも驚きの声を上げる。その声を聞いた少女は、目を大きく見開き、喜びの声を上げた。

「ゆりか！　真希！　それにナナも！　やった、上手くいった!!」

街灯が照らし出した顔は、間違《まちが》いなく早苗のものだった。だがその顔は何故《なぜ》か、三人が知るものよりも幾らか大人びて見えた。

ころな陸戦規定

NEW! 2011/7/11

第三十条

ころな陸戦条約に批准した者は、2011年7月10日の虹野ゆりかの戦闘記録と、同日の笠置静香の体重を最高機密扱いであるものとする。

第三十条補足

今回に限っては大家さんの体重は名誉の負傷みたいなもんだと思うんですけれど。　そういうところよ里見君、時々飛び出るそういうところを直して貰わないと。　そういうもんですかね。　あたりまえよ！　そ、それはそれとして、ゆりかの方は……。　はぁ～うぅ～。　駄目そうだな。

あとがき

お久しぶりです、著者の健速《たけはや》です。今回は三十六巻をお届けさせて頂きました。なおもコロナウィルスの騒動が続いていますが、無事に皆様に本をお届けできて安堵しております。来年以降は騒動が収束してくれるよう願うばかりです。

（健速注：今回のあとがきは多くのネタバレを含みます。本編を読んだ後に読んで頂くのを推奨します）

今回のあとがきはページ数にかなり余裕があります。前巻のあとがきで触れた、本は十六ページごとにページ数が増える問題の影響です。そこで三十六巻本編ではさらっと流した内容に触れていこうかと思います。最初はフォルサリア魔法王国における自動車と携帯通信事情からいこうかな。

フォルサリア魔法王国にも自動車は沢山走っています。しかし走っている自動車は少し違います。動力には魔法が使われており、いわゆるマジックアイテムの一種となっています。その発祥は古く、三百年ほど前にはその原型となるものがありました。馬型のゴーレム——魔法で作られた人造生物です——が引く馬車がその頃既にあったのです。それが時代を経て小型・効率化、地上の自動車を参考にしたりして更に発展。現在の地上の自動車の動力を魔力に置き換えたような形式に至りました。

外見的には現代日本を走る自動車に近いのですが、その構造はとてもシンプルです。貯め込んだ魔力で直接タイヤの軸を回しているので、エンジンそのものと、エンジンからタイヤに動力を伝える機構がありません。また車体の構造の強化も一部が魔法で行われているので、車体の構造も単純なものです。

その反面、性能では劣ります。日本車と比べると、数十年は遅れている感じです。ですが二つだけ、現代の自動車を凌駕《りょうが》する点があります。それは環境性能と自動運転。魔力で走るので排気ガスは出しませんし、そもそも魔法生物が原型なので、ある程度勝手に走ります。とはいえ入り組んだ道路や未舗装の場所を走る場合、加えて戦闘時などには運転手が要ります。なのでレインボゥハートの車両は全て運転手が必要な仕様になっています。それと運転手のかわりが出来る魔法生物もありますが、人間と同等以上の安全運転ができる魔法生物は希少で高価です。

続いてフォルサリアにおける携帯通信事情です。少し前まではフォルサリアで通信と言えば、魔法が全てでした。長距離通信用の魔法、あるいはマジックアイテムを使うという事です。実際真希も初登場時には宝石をあしらった護符を使っていました。しかしこれには問題点がありました。それは通信の距離や品質が術者の技量やマジックアイテムの魔力に依存しているという事や、魔法自体がアナログな技術なので大量の情報を送信するのに向かないという事でした。またマジックアイテムが非常に高価である事も問題の一つでした。

そこで地上の携帯やスマホを参考に、通信にデジタル技術を導入する事になりました。これによりやり取りする音声や情報の大幅な圧縮に成功。それは通信に必要とされる魔力の圧縮にもなりますから、小型化・低価格化に繋がりました。これにより急激に一般にも普及し始め、多くの人が携帯通信機器を持つようになりました。

ただし従来型の魔法だけを使った通信方法も廃れた訳ではありません。秘密にしなければばならない会話などでは、未だにこちらが使われています。デジタル技術の導入は共通する構造が増えるという事なので、比較的ハッキングや盗聴がし易いのです。そんな訳で従来型の通信ももうしばらく使われ続けるでしょう。

自動車と携帯通信に関してはこんなところでしょうか。今回はフォルサリアの生活面が表に出て来ているので、この辺りもおろそかに出来ません。近代化した魔法の国ってなかなか難しいんですよね。魔法で安易《あんい》に解決するせいで、多分科学の発達は遅れ気味になってるだろうとか、考え合わせなければいけない事が沢山あります。ああ、そうそう、グレバナスの蘇生についてもちょっと複雑になっていたので解説しておこうと思います。

この作品の魔法は『魔力を用いて現実を改変する』という考え方をしています。例えばエクスプロージョン（爆発）の魔法なら、爆発するようなものが何もない場所で爆発を起こします。そもそも何もない場所なので、爆発の規模や色、速度は術者のイメージに委ねられます。多くの場合は知っている爆発を再現する事になるでしょう。師匠が使ったものをそのまま再現するケースや、映像で見た爆発を再現するケースなどです。つまり究極的にはきちんとイメージ出来れば、威力を燃焼速度の速いプラスチック爆弾――赤い炎が殆ど見えない――――にして、見た目を燃焼速度の遅いガソリンによる爆発――――赤い炎が大量に出る――――にする事が出来ます。ゆりかに爆発についての嘘の情報を与えれば、高確率で成功すると思います。ただし、それを実現するのに十分な魔力は必要です。見た目がどうあれ、爆発の威力は使える魔力の量に縛られる事になります。

さて、この魔法の構造を前提にして、グレバナスの蘇生を見てみましょう。まず本来のグレバナスは七百年前に死んでいます。その魂は既に別の人間に生まれ変わっているか、執念《しゅうねん》が強ければ悪霊になっています。

もし生まれ変わっている場合、この時代にグレバナスを蘇生させるには、まず魂を修復しなければなりません。日記や持ち物などに残った残留思念を集めてグレバナスの魂を人工的に作り上げるのです。考え方は早苗が生身の身体に戻る時のやり方と似ています。

逆に悪霊になっている場合は、七百年の時間がその魂を蝕《むしば》んでいます。本来の魂とは別の形になってしまっているので、やはり残留思念を集めるやり方になります。つまり死んですぐであればそのまま蘇生が可能という事です。かつてダークパープルが恋人を蘇生させようとしていましたが、あのタイミングなら確かに可能だったかもしれません。混沌《こんとん》の渦《うず》の影響で恋人の魂が変質する危険はあるかもしれませんが。

生まれ変わっている、悪霊になっていた、そのどちらであっても魂の修復が必要となります。しかし日記や持ち物で魂を修復する場合、どうしても不完全になります。残留思念ですから、例えば日記なら書いてある内容についての思念が残っているでしょう。ですが果たして日記には、グレバナスの全ての人生が記されているでしょうか？　流石にそれはあり得ないでしょう。どうしても不完全な、ダイジェスト映像のような魂が出来上がります。そこに幾ら持ち物の残留思念を足しても、完全にはならないでしょう。更に言えば、時間の経過により残留思念そのものも失われていきます。そんなものから修復されるので、魔法による魂の修復は本来の魂とは似て非なるものとなってしまうのです。

そして修復されたグレバナスの魂の欠損部分には、蘇生させようとした人間のグレバナスに対するイメージが流れ込んでしまいます。この原因は先程の爆発の魔法の話と同じです。分からない部分を知っている情報で埋めてしまうのです。フォルサリアではマクスファーンの存在はあまり知られていないので、皇家への反乱はグレバナスが主導して起こしたという認識が一般的です。つまり本来理性的だったグレバナスが、マクスファーンのように情熱的な、反乱を起こすようなタイプの人間であったと思われているのです。そのイメージが修復されたグレバナスの魂の欠損部分に流れ込み、性格がマクスファーンに近付きました。加えて蘇生の際に混沌の渦の力を使っているので、グレバナス個人の人格の境界も曖昧《あいまい》になっています。そんな訳でかつてのグレバナスが躊躇《ちゅうちょ》した、黒い瓶も平気で使う訳です。

ではどうしたらグレバナスは本来の人格に近い状態で蘇生出来たのでしょうか。これは簡単で、死亡してすぐに、知人が蘇生させる事です。またこの時、混沌の渦の力を使わない事も重要です。つまり魂を時間経過や混沌から守って出来るだけ変質させず、仮に術者のイメージが流れ込むとしても親しい人物なら変質は最小限になる、という事です。本編中でグレバナスが孝太郎が蘇生させてくれたらもう少しマシだったという話をしているのはこの辺りの事が原因です。記録を読んだだけで面識のない信奉者《しんぽうしゃ》よりも、直接対峙《たいじ》した事がある孝太郎の方が人物像のイメージは正確なのです。

そうやって再生されたグレバナスの魂を、魔法生物として蘇生させた身体に固定する事でグレバナスは復活しました。これはダールザカーの状態と非常に良く似ています。ただしダールザカーには自由はありませんでしたから、そこが大きな違いとなります。そしてこの新しい身体は魔法を効率よく使う為に改良されていて、魔法の威力が高まります。ゆりかや真希の魔法の杖や装束《しょうぞく》と同じ仕組みが身体に働いていると考えて差《さ》し支《つか》えありません。もちろんその増幅率は杖や装束どころではありません。

こうして蘇ったグレバナスですが、この蘇生方法は魔法使い達の専門用語でリッチ化と呼ばれています。完全な蘇生ではなく、魔術を極める為にアンデッドの――ゾンビやスケルトンのような蘇った死者の――モンスターに生まれ変わる蘇生方法です。リッチ化のメリットは魔法能力の増大だけではありません。通常の生命活動をしていないので食事や睡眠、呼吸は不要。毒も病気も効きません。そうです、愛と勇気のプリンセス☆化学少女ケミカルゆりかの天敵と言える無敵の魔法使い、それが新しいグレバナスなのです。

とはいえ良い事ばかりではなく、グレバナスは強化された代償にゾンビやスケルトンと同じ弱点を抱えるようになりました。正しい修行を積んだ司祭によって成仏させられてしまう、というような事です。またその身体もミイラのように干からびてしまっています。人間性を代償に魔法の能力を向上させたと言う事も出来るでしょう。加えてこのリッチ化の過程でも混沌の影響を受けていますから、グレバナスはより大きな力と引き換えに、より醜悪《しゅうあく》な姿に変貌《へんぼう》している可能性も否定できません。もしかしたら生きていた頃のグレバナスでは、この状態には耐えられなかったかもしれませんね。

フォルサリアの特殊な事情についてはこんなところでしょうか。まだもうちょっと書いて良いみたいなので、作劇上の都合で意図的に触れずにいる話について、話しておこうかと思います。

孝太郎が喋っているのは日本語です。日本生まれの日本育ち、話の舞台が日本なので、日本語以外を喋る理由がありません。これは他の登場人物達も基本はそうです。

では、この巻で復活したグレバナスは何語を喋っているのでしょうか？　それはもちろん七百年前の時点では公用語だった下位古代語（当時は共通語と呼ばれていましたが、現代からすると古代語扱いです）です。孝太郎とクランは過去の世界で下位古代語を学んでいるので、日常会話程度なら問題ありません。それに翻訳機が使えますから、他の者達も困る事はないでしょう。これはラルグウィン達もそうです。またグレバナス自体が高位の魔法使いなので、いざという時は翻訳の魔法を使うでしょう。会話が常に成り立つ状況なので、本編ではグレバナスが何語を喋っているか、という事には触れていません。再会直後の緊迫した状況では言語の話よりも重要な話が多かったですし。

この辺りの事情はティアやルース、クランも同様です。一巻の頃のティア達は、間違いなく翻訳機を使って喋っています。彼女達の母国語はフォルトーゼの共通語（現代における共通語です。下位古代語とは別物）なので、日本語は喋れませんでした。しかし彼女達が日本へ来てから既に二年以上が経過していますので、日常会話に支障を来さない程度には日本語を習得しているでしょう。もちろん誤解が生じては困るような複雑な話題の時は翻訳機の助けを借ります。しかしその辺りの細かい切り替えをあえて描写していく意味があるのかというと、無いと思います。日本語での直接の会話と翻訳機の翻訳の差で、面白い事が起こる場合はあるかと思いますが、むしろその時だけ言語の違いを描いていけば良いのであって、日常的にこれは何語かと書いていく意味があるとは思えませんでした。そんな訳で言語については本編では基本的に触れられていません。必要な時にだけ、言語の差が表現される方式です。本編だと十四巻で孝太郎とフォルトーゼの子供達が、翻訳機無しで話しているシーンなどがその一例ですね。

今回あとがきで触れた四つの話はどれも、設定を守るのは大事な事だが、何事もやり過ぎはいけない、という結論になるかと思います。私はあえて書かない事も、大事なのではないかと思っています。

おっ、そろそろあとがきが十ページを超えます。今回は十ページぐらい頑張って下さいという話だったので、この辺りで止めておこうと思います。

最後にいつもの御挨拶を。

この巻を製作するにあたって御協力頂いた編集部の皆様、最後の真希の絵は子供の姿にしたいんだけどと無理をお願いしたら何とかしてくれたイラスト担当のポコさん、そしていつも応援して下さる読者の皆様に心から御礼を申し上げます。

それでは三十七巻のあとがきで、またお会い致しましょう。

二〇二〇年　十月
健速

HJ文庫 http://www.hobbyjapan.co.jp/hjbunko/
903

六畳間の侵略者!? 36

2020年11月1日　初版発行

著者――健速

発行者―松下大介
発行所―株式会社ホビージャパン
〒151-0053
東京都渋谷区代々木2-15-8
電話　03(5304)7604（編集）
03(5304)9112（営業）

印刷所――大日本印刷株式会社

装丁――渡邊宏一／株式会社エストール

Printed in Japan
ISBN978-4-7986-2345-0　C0193

ファンレター、作品のご感想お待ちしております
〒151−0053　東京都渋谷区代々木2−15−8
(株)ホビージャパン HJ文庫編集部 気付
健速 先生／ポコ 先生

単行本①～⑤巻
好評発売中!
原作／健速
キャラクター原案／ポコ
漫画／有池智実
六畳間の侵略者!?
5
健速
ポコ
有池智実
堂々完結!!!

コミック版
漫画:六畳間の侵略者!?
コミックファイア
http://hobbyjapan.co.jp/comic/
にて掲載中!